GERALDO ANDRADE

2022

EM BUSCA DA DEMOCRACIA PERDIDA

PARTICIPAÇÃO
ESPECIAL
DOS JAVALIS
EMPODERADOS

KOTTER
EDITORIAL

Coordenação editorial: Sálvio Nienkötter
Editores-executivos: Claudecir de Oliveira Rocha, Francieli Cunico
Editor-adjunto: Daniel Osiecki
Capa e design editorial: Carlos Garcia Fernandes
Produção: Cristiane Nienkötter
Preparação de originais e revisão:O Autor

Dados Internacionais de Catalogação na Publicação (CIP)
Angelica Ilacqua CRB-8/7057

Andrade, Geraldo
2022 : em busca da democracia perdida : participação especial dos Javalis Empoderados / Geraldo Andrade. -- Curitiba : Kotter Editorial, 2021.
240 p.

ISBN 978-65-89624-56-1

1. Política e governo - Humor, sátira, etc. I. Título

CDD B8697

21-2610

KOTTER EDITORIAL

Kotter Editorial Ltda.
Rua das Cerejeiras, 194
CEP: 82700-510 - Curitiba - PR
Tel. + 55(41) 3585-5161
www.kotter.com.br | contato@kotter.com.br

Feito o depósito legal
1ª Edição
2021

GERALDO ANDRADE

2022

EM BUSCA DA DEMOCRACIA PERDIDA

PARTICIPAÇÃO
ESPECIAL
DOS JAVALIS
EMPODERADOS

"É chegada a hora de pegar as armas deste nosso novo mundo,
para lutar por nós mesmos e por aqueles que amamos.
Nossa missão é proteger a autodeterminação onde for possível,
impedir o avanço da distopia onde não foi possível e,
se tudo mais falhar, acelerar sua autodestruição."
(Julian Assange, no livro *Cypherpunks*,
Londres, outubro de 2016, com Andy Müller-Maguhn,
Jacob Appelbaum e Jérémie Zimmerman).

"The Best way to predict the future is to create ist",
frase dita por um javali, líder da Tendência Revolucionária
Comunista-Evolucionista,
defendendo a necessidade "urgente", de se derrubar o
governo de extrema-direita.
Tradução: "*A melhor maneira de prever o futuro é criá-lo*".
(Frase de Peter Ferdinand Drucker, escritor, professor e
consultor administrativo,
de origem austríaca, radicado nos Estados Unidos da
América,
considerado o pai da administração moderna.

Ridendo castigat mores (Corrige os costumes sorrindo),
frase atribuída ao poeta francês Jean de Santeuil (1630 -1697),
que escrevia em latim.

SUMÁRIO

Grande Sistema Mostra Sua Cara

José H. Silva pensava em mil coisas (permitidas e, ainda, não censuradas pelo Grande Sistema – GRANSIS, claro) enquanto se dirigia à Penitenciária Regenerativa – PR, para cumprir sua Prisão Voluntária – PRIVO, novo tipo de encarceramento criado pelo Regime Penal Sem Viés de Direitos Humanos – RPSVDH. Esse tipo especial de privação da liberdade havia sido instituído através de uma *Littera legis* (Carta da Lei, em latim), publicada no único jornal de circulação nacional que ficara de pé, depois de inúmeras ações da Grande Inquisição (*Magna inquisitio)*, também em latim.Tudo isso a mando do Procurador Especial Plenipotenciário Defensor Perpétuo do Sistema – PEPDPS. Seu nome: Sam Palestrura Granarol Trancadura (que havia escapado de inúmeros processos por abuso de autoridade e disciplinar, um autêntico driblador da lei), um predestinado, como diria o mestre humorista José Simão, pois o nome se encaixa no personagem. Se fosse "Livradura", em lugar de "Trancadura", ele se livraria (não!

melhor, "escaparia", para esse escriba não repetir uma palavra quase idêntica na mesma linha, um dos horrores dos jornalistas e das jornalistas) da predestinação.

A Prisão Voluntária – dissera o ministro da Sanha Punitivista, Plenipotenciário da Justiça, Devassa Política e Limpeza Geral – MSPPJDPLG, Aldo Agouro, outro predestinado, na medida em que continuava a agourar nossa economia e o futuro do país, derrubando grandes empresas nacionais, com processos kafkianos, onde as empresas não tinham como se defender, para agradar à GRAN – Grandiosa Nação Amiga do Norte, "visa a baratear custos, nesses tempos de necessários e sanitários encarceramentos em massa" – afirmara. Eta paragrafozinho que ficou comprido, sô...!

O engenhoso Sistema Auxiliar (*Auxiliary System*, em inglês) – um sisteminha dentro do Grande Sistema (*Big System*) – consiste em que uma pessoa possa, de ofício, se considerar culpada por algum deslize moral, criminal, de consciência leve ou pesada, essas coisas, próprias dos imperfeitos seres humanos (menos os adeptos do Grande Sistema, é evidente) e recolher-se à Penitenciária Regenerativa – PR. Nesse caso – como dissera o doutor Aldo Agouro – todas as despesas correm por conta do autossentenciado (palavra que pouco a pouco vai sendo incorporada ao léxico pátrio, de Portugal e de outros países de língua portuguesa; lá, em terras lusitanas, claro, com certa resistência, por não fazer parte de seu sistema jurídico. Chupa essa cana, Portugal!). Aluguel da cela, alimentação, uso oneroso de sanitários (com a garantia, expressa, de o preso fazer o número um e o número dois apenas uma vez por dia; mais que isso, somente com autorização do Conselho Supremo do Grande Sistema

– CSGS), são "obrigações inarredáveis dos autossentenciados". Já acesso "ilimitado", apenas nas manhãs chuvosas, à TV Estrela Guia, estatal ("com viés liberal", como dissera o Mitológico Cavaleiro Ungido – MCU, comandante-em-chefe e general da banda da Neorrepública) criada pelo Grande Sistema, se enquadram no campo dos "direitos".

A visualização dos programas da TV Estrela Guia garante bônus para os presos ouvirem áudios ("mande áudio, mande áudio que eu não sei ler nem escrever, não...!) de centenas de discursos do MCU. Aqui cabe uma explicação: a criação de algumas poucas estatais havia sido liberada, com restrições, pelo *World Council of Advanced Economic Liberalism – WCAEL* (Conselho Mundial do Liberalismo Econômico Avançado – CMLEA), chefiado pelo novo presidente da GRAN, um maluco que, a exemplo de imperadores romanos, e certos ditadorezinhos mais contemporâneos, de países ao Sul do Equador, governa despoticamente.

Esse maluco ianque está invadindo dezenas de países produtores de petróleo. O Programa de Agressões Cirúrgicas, em Busca de Petróleo a Qualquer Custo (*Program of Surgical Aggressions in Search of Oil At Any Cost – PSASOAC*), fora estrategicamente criado para expropriar o petróleo alheio, e depois vender gasolina, diesel e outros derivados, caros, para os povos dominados. Esse cidadão mandou construir um Castelo Espacial, de onde pretende governar o mundo. Seu *Space Castle* (Castelo Espacial), uma enorme *White House* (Casa Branca), tinha se tornado um pesadelo para o mundo inteiro, que passou a orar e rezar para que os russos ou os chineses, ou os dois, juntos, não o derrubassem, pois produziria um novo cataclismo onde caísse, devido a seu peso. Isso havia acontecido nas três tentativas iniciais de colocá-lo em órbita, o que provocou a extinção de um tipo especial de perereca, e de uma bactéria do bem, como era chamada, à época. "Um desastre para a humanidade" – dissera um Cientista não Aderido ao Sistema, pouco antes de sua prisão, por Terrorismo Climático Premeditado – TCP.

O sistema utilizado para manter o *Space Castle* suspenso, não será descrito, por se tratar de uma tecnologia ultrassecreta, cuja divulgação garante ao infrator (no caso, euzinho aqui) 99 anos de prisão, com trabalhos forçados, pena estabelecida no Novo Acordo de Encarceramento Seletivo Bilateral e Trilateral – NAESBT, celebrado pelo ministro Aldo Agouro, diretamente com a GRAN, às escondidas do MCU. Centenas de *Evangelical Churches of Good – ECG* (Igrejas Evangélicas do Bem – IEB) – olha a Corrente do Bem, aí, gente! – já previam um *New Deluge – ND* (Novo Dilúvio) que acabaria com os problemas climáticos provocados, em sua maioria, pelos países mais ricos, como a GRAN, que sempre fogem de suas responsabilidades, nos acordos sobre o clima. O último (acordo, não dilúvio), realizado em Paris, previa medidas de redução da emissão de gases do efeito estufa, a partir de 2020, a fim de deter o aquecimento global abaixo de 2°C, de preferência em 1,5°C.

"Com esse dilúvio, acabariam os problemas da humanidade, já que morreríamos todos" – disse o chefe mundial das *Evangelical Churches of Good*, Capetto Rabudo, primo da figura lendária Tomás Turbando Bustamante citada pelo ex-ministro da Justiça, Josef Voado Vaidoso, na defesa da ex-presidente Vilma Yourneff, na sessão da Comissão Especial do Impeachment, no Senado Federal, no dia 16 de junho de 2016.

A Penitenciária Regenerativa – PR, com tecnologia ponto 50 (nem eu sei o que é isso), havia sido um "presente" da GRAN, depois da Abertura Incondicional das Fronteiras Físicas e Econômicas – AIFFE, para a venda de todo o patrimônio nacional às empresas escolhidas pela GRAN, depois de uma breve participação da China nos Leilões de Liquidação do Patrimônio Nacional – LELIPANA. Na fachada, em letras gigantescas, lê-se: "Todo o Poder aos Procuradores e Juízes, Pois Deles é o Reino dos Céus". Essa frase, na verdade, é um verdadeiro (verdade, verdadeiro, que isso?) "reino" das maiúsculas, absolutamente inexistentes, com exceção do "T" de "Todo", que inicia a sentença (não essa em que você está pensando, de Agouro contra certo líder).

"É sua primeira autossentença, senhor?"

"Sim, a primeira."

"A primeira, senhor! É assim que se deve responder, prisioneiro, como bem define o Regulamento, em seu artigo 101.659, inciso 1.375" – disse o Oficial de Recepção de Autossentenciados – ORA. Esses regulamentos, com milhares de artigos, incisos e parágrafos, tinham sido criados por um Especialista na Produção de Afirmativas e Negativas Que se Anulam – EPANQA, para desorientar os advogados em sua busca por Justiça. Muitas vezes, o inciso ou o parágrafo "derruba" o que está prescrito no "caput" do artigo e vice-versa. Esse "sisteminha" diabólico está levando muitos advogados à loucura.

José H. Silva não fazia ideia da abrangência do Grande Sistema e de seus tentáculos, quando, depois de passar por um portão gigantesco, foi empurrado para uma salinha, equipada com sofisticada aparelhagem de som, onde ouviu, por exatas 24 horas, discursos do ministro da Sanha Punitivista, Plenipotenciário da Justiça, Devassa Política e Limpeza Geral – MSPPJDPLG (com sua vozinha morrinhenta), doutor Aldo Agouro, eleito presidente do Comitê Inquisitorial Integrado – CII. Em seus discursos, o doutor fazia questão de salientar a importância de se pagar pelos erros e crimes cometidos ou pensados, e do arrependimento público, "o mais importante gesto de submissão e purificação, só comparável à Delação Vantajosa" (na verdade, safada, na opinião da quase extinta oposição), como ouviu milhares de vezes, naquela salinha, o nosso prisioneiro. Nosso não; deles, cara pálida!

Exausto, após a sessão de bombardeio auditivo, José H. Silva foi levado ao Pavilhão de Reprogramação – PR, cuja sigla o Grande Sistema avalia mudar, para diferenciá-la daquela da Penitenciária Regenerativa, dentro da qual está o tal pavilhão. Ali, recebeu, com pequena incisão subcutânea, um Dispositivo de Leitura do Pensamento – DLP, de cuja nocividade ele não fazia ideia, até aquele momento. O dispositivo havia sido criado por um grupo chamado Cripto de Direita, por encomenda da Central de Inteligência Universal – CIU, idealizada pelo Novo Presidente Plenipotenciário da Grandiosa Nação Amiga do Norte – NPPGRNAN, cujo PSG – Plano Secreto de Governança (olha a modernidade tucana, aí, gente!) incluía a divisão da Terra em duas metades, separando os Estados Unidos da América, do México, depois que os famintos de toda a América Latina, tentando emigrar, tinham derrubado o muro, feito por seu antecessor topetudo, "para ver no que vai dar, não importando se uma metade ficar maior que a outra" – vociferou o NPPGRNAN, numa reunião de trabalho da CIU, sigla que você já sabe o que significa.

Literary operandi (Operação Literária)

Para comemorar os primeiros cem dias da implantação de uma espécie de governo paralelo, de generais, através de Decreto Provisório Plenipotenciário – DPP (instrumento máximo da discricionariedade de Sua Excelência, Primeira e Única do Estado de Permanente Vigília – EPV (tucanização de Estado Policial), diversas operações saíram a campo. A mais especial visava, segundo informou a TV Estrela Guia, a "desbaratar planos mirabolantes de subversão contra as instituições da Neorrepública Sem Viés Comunista – NRSVC". Tivesse a redação dessa TV um revisor ou revisora, um deles, ou os dois em conjunto, substituiriam o adjetivo "mirabolante" por algo mais contemporâneo. Talvez, por "secretos", sei lá!.

Desde as primeiras horas da manhã, a TV Estrela Guia mostrava imagens das buscas da Polícia Secreta de Combate Imediato – PSCI. "Não vem ao caso", como diria certo ex-juiz, mas isso aí parece sigla de partido comunista, da Itália, por exemplo. Os agentes, dessa vez, estavam acompanhados pelo próprio MCU, fantasiado de delegado, que lançava palavras de incentivo, como "abaixo os escritores, humoristas, e essa corja que vive de fazer gracinhas contra nosso excelente governo" ou "se no caminho encontrarem livros, revistas etc., queimem tudo, que é coisa do demônio". Nesse momento, foi aplaudido pelos sete pastores, sete bispos e sete apóstolos, todos evangélicos, da prosperidade, que o acompanhavam nessa operação. Os policiais entravam com as mãos vazias, e saíam carregados de originais e dispositivos de armazenamento, contendo milhares de textos literários, onde garimpariam os planos de derrubada do Grande Sistema – GRANSIS.

De acordo com a denúncia do Ministério da Devassa Política Secreta e Camuflada – MDPSC (quase deu PSDB, algo como acertar cinco números naquela loteria, cujo nome não será dito, para não incentivar a jogatina), o primeiro ministério secreto, cujo titular ninguém sabe quem é, por motivos óbvios, estava em andamento um plano de lançamento de milhares de livros (isso, em tempos de internet, vai dar merda, só pode dar prejuízo, pois as pessoas estão com dificuldade de ler mais que um parágrafo), que pregavam a instalação de um novo regime. Não deu PSDB, mas quase deu outro, que tirou o "P" do nome; e outro, PSC, cristão, será? Ainda de acordo com o MDPSC, em nota distribuída pelo General Encapuzado (o que reafirma a secreticidade desse suposto ministério) "imprimir textos, em obsoletos mimeógrafos, dos tempos da Guerra Fria, tem sido a tática adotada pelos escritores 'comunistas e assemelhados'", para não serem detectados na rede de computadores.

"Agem como ratos no porão, mas vamos pegá-los e condená-los na nova Lei do Triplex, em que basta a convicção dos inquisidores para garantir uma gorda condenação. Ninguém escapará às garras afiadíssimas do Neoestado de Extrema Direita ("inventei agora", pensou o procurador) – disse o Procurador Especial Plenipotenciário Defensor Perpétuo do Grande Sistema – PEPDPGS, Sam Palestrura Granarol Trancadura, em palestra em que contou com efeitos especiais hollywoodianos (*Powerpoint*, nunca mais!), para demonstrar que determinado acusado seria chefe de uma perigosa Organização Criminosa de Alto Poder de Destruição – OCAPD. Os efeitos especiais tinham sido mais um mimo oferecido pela Grandiosa Nação Amiga do Norte – GRAN. "Pegá-los-emos, condená-los-emos e encarcerá-los-emos" – disse Granarol, o PEPDPGS, exultante como um adolescente que entrou para a universidade, com ótimas notas, depois de três anos de cursinho pagos pelo papai.

Seguindo orientações de especialistas da GRAN, o novo marketing dos procuradores da *Task Force* das Verdades Secretas – *TF*VS, inclui a publicação de livros (em seguida transformados em filmes, com distribuição em salas de cinema e no *YouTube*) sobre cada operação, onde os procuradores escrevem suas narrativas sobre a culpa dos condenados. Isso conta com irrestrito apoio do Ministro da Sanha Punitivista Plenipotenciário da Justiça, Devassa Política e Limpeza Geral – MSPPJDPLG, em sua sanha incontrolável (esse substantivo comum, feminino, sanha, deve ser, na leitura, substituído por "cruzada", tipo aquela dos católicos, as Cruzadas, que pretendiam "libertar" a Terra Santa (Palestina) e a cidade de Jerusalém, na Idade Média, da dominação dos muçulmanos, quando mataram muita gente, em nome de Cristo!).

A bordo da ONG conservadora Nova Moral Sem Viés Ideológico – NMSVI (financiada por empresários amigos da GRAN, o ministro Aldo Agouro garante ter criado o "viés da rapidinha" (não é a que você está pensando, mas, sim, um novo "sisteminha punitivistazinho" criado por Agouro...), que agilizou os processos, com o fim da segunda, terceira e quarta instâncias. De acordo com ele, essa rapidinha havia trazido uma enorme economia de tempo e recursos, haja vista o rito processual aceleradíssimo, garantindo condenações eficazes, em poucos minutos ("cirúrgicas" – dissera sorrindo) de audiência.

"A derrubada dos recursos processuais é um verdadeiro achado de nosso Grande Sistema. Especialistas econômicos, inclusive articulistas da Grandissíssima Imprensa – GI, defensores da Destruição da Previdência (desconfia não, Agouro? Esse discurso é da esquerda!), calcularam uma economia anual de 21,5 bilhões de dólares, aos cofres nacionais, dinheiro que será investido na construção de mais cem Áreas de Recolhimento Especial – ARE", disse o ministro.

As ARE são um novo tipo de Presídio de Segurança Avassaladora – PSA (nada a ver com a petroleira venezuelana, PDVSA, nem com aquele testezinho incômodo) destinado aos remanescentes da Penitenciária Regenerativa – PR, que não tinham conseguido se livrar da culpa, pagando seus pecados. O PSA, não a prisão, mas o teste, é aconselhável aos homens, a partir dos 45 anos.

Aqui cabe uma explicação sobre essa fala do ministro Agouro. É que, por orientação de agentes norte-americanos e israelenses, da Central de Inteligência Universal – CIU, uma nova técnica de comunicação havia sido criada, para "esvaziar os bolsões de oposição ainda existentes na Neorrepública", conforme dizia uma "Instrução de Combate aos Subversivos que se Utilizam da Palavra Escrita e Falada", vazada pelo site *The Kid, Who is Good, Shouts!* (O Cabrito, Que é Bom, Berra!). Por esse sistema de comunicação (mais um sistema, pô?), os agentes do governo, inclusive o MCU, passaram a assumir o discurso da oposição, quando conveniente, incorporando as palavras da crítica a seus próprios discursos. Assim é que se chegou à expressão "Delação Safada", muito usada nas chamadas pós-tv, canais de esquerda, filosóficos, de interpretação da realidade, sem viés partidário etc.

Outro exemplo dessa assimilação é a utilização, por esse mesmo ministro, da palavra "conje", em suas Ordenações Agourianas, como se verá adiante (percebe como o escriba é um privilegiado? Só euzinho aqui sabia dessas tais "Ordenações Agourianas", inspiradas nas Ordenações Filipinas, do rei Filipe II, de Espanha (Felipe I de Portugal), durante a dominação espanhola sobre Portugal. Esse código foi sancionado em 1595, mas só entrou em vigor após sua impressão, em 1603. Para mais informações sobre esse assunto, vá à *Wikipédia* ou a outra fonte, por favor!

A essa altura da leitura com a qual você leitora/leitor, já teve o prazer de se deliciar, creio que esse modestíssimo escriba seja merecedor de um *like*, compartilhamento, um clique no sininho e um *super chat* (super bate-papo), né, não?

Agora, já pensou se as Ordenações Agourianas, seguissem o mesmo caminho cronológico das Filipinas, só entrando em vigor oito anos após sua elaboração e sanção?

Estaríamos livres dessa praga, pois, felizmente, esse parece ser um desgoverno de curtíssima duração. Rá, Rá, Rá! Ou não, como diria, quem sabe, o assertivo Abaetano Nervoso.

Uma das narrativas da Operação Literária, baseada em conteúdos de Chips Pessoais – CP, todos os tipos imagináveis e inimagináveis de escuta e visualização, monitoramento por ondas de calor etc., diz que um levante popular acontecerá uma semana após a publicação dos "livros subversivos dos escritores comunistas e assemelhados". Um personagem do livro intitulado "1º de Abril", que lembra a figura de um ex-ministro da Sanha Punitivista Plenipotenciário da Justiça, Devassa Política e Limpeza Geral – MPJDPLG (demorou, mas caiu...!), produziu uma acusação em que denuncia uma Nova Inconfidência Mineira – NIM (pula nim mim, paixão!) proposta pelos escritores, como forma de sufocar o Grande Sistema. "Nenhum Centavo de Imposto a Mais", garantiu o acusador, era o lema da campanha subversiva. Uma imensa faixa e um boneco inflável, gigante (que mania de bonecos! Será fetiche?) de acordo com o personagem, seriam instalados em frente ao que restou do prédio da Federação das Indústrias Brasileiras que Sobraram das Internacionalizações e Venda de Todo o Patrimônio Nacional para o Bem do Brasil – FIBRASOIVTPNBB. Pronúncia difícil essa! Mais ou menos o seguinte: Fibrasoivêtêpêenebêbê. Ficou parecendo certa letra de música que diz "não fala não, pra mim, bebê..."

O que tem facilitado, ainda mais, a Formação de Culpa – FC, tucanagem da antiga Investigação com a Utilização de Métodos Heterodoxos para Obtenção de Confissão (tortura, no popular), para "garimpar" confissões e delações, é uma nova tecnologia que permite, através de um Chip Pessoal de Uso Obrigatório – CPUO, a leitura de pensamentos. Adivinhe presente de quem, leitora/leitor? Essa tecnologia, mesmo contestada por organismos internacionais de defesa dos Humanos Direitos, como a Organização de Defesa da Humanização dos Maus Tratos – ODHMT e a Liga Direitista de Mínimos Direitos – LDMD, quase tinha levado o Sisteminha (uma parte do Sistema Supremo, com Deus Acima de Todos, Judiciário – SSDATJ) à falência, uma vez que a formação de culpa estava sendo feita pelos próprios cidadãos e cidadãs do país. O Grande Sistema tem mania de ficar mudando os nomes das instituições, umas se sobrepondo às outras, o que dificulta a narração desse escriba e, certamente, a compreensão do leitor da leitora.

Uma revolta de procuradores e juízes tinha acontecido havia alguns anos, quando o orçamento, reajustes de salários, inclusive, foram reduzidos à metade. No total, os contracheques perderam 344 penduricalhos, inclusive o auxílio-moradia de quem tinha mais de dez imóveis. Revolta geral! Alguns procuradores, alucinados, passaram a denunciar a si próprios, confessando a propriedade de triplexes e sítios inexistentes. Um deles usou a "teoria da ocupação pacífica, prazerosa e duradoura", para se incriminar. Alegou que, se ele frequentava o Sítio do Jacu Dourado, Sem Pena, usufruindo de momentos de extremo prazer (e bota prazer nisso...! Semvergonhice pura, na verdade!), deveria, obrigatoriamente, ser considerado proprietário, de acordo com jurisprudência firmada pelo CSP – Conselho Soberano e Plenipotenciário – CSP, tribunal criado pelo Grande Sistema para concorrer com o Supremo Tribunal Federal – STF.

E olha que isso, a criação do novo e todo-poderoso tribunal, foi feito por Decisão Monocrática – DM, do SMJCPTACLOIDBMTSFA – Superior Ministro da Justiça, Caça e Pesca, Tiro ao Alvo (lembra do Adoniran?), Controle da Liberdade de Opinião e da Imprensa Digital, Bons Modos no Trabalho, Sem Fumo e Álcool, Brutamontes Mão Pesada (Olha aí, o que é o autoritarismo...! Mudaram o nome do ministério – junto com o, agora, ex-ministro – e nem avisaram!) Algo como jogar a criança fora junto com a água da bacia. Essa foi difícil. Lembra, vagamente, a sigla do PC do B, cujas iniciais fazem parte dessa imensa sigla. Mas, isso, muito vagamente...

A introdução do Dispositivo Minúsculo Obrigatório – DMO, antigo Chip Pessoal Único – CPU, tem – segundo o Ministério da Mais Valia e Acumulação Capitalista – MMVAC (parece redundância, mas vá lá! Uma maluquice a mais desse suposto Grande Sistema, não faz diferença) – "proporcionado aos acusadores e condenadores um injustificável ócio criativo, bem remunerado". Salve mestre Domenico de Masi, sociólogo e escritor italiano, que, como várias outras personalidades nacionais e internacionais, também visitou o homem em Curitiba, e teria dito ser ele, o homem, "o mais importante líder político do mundo".

O mestre Domenico não merece ser citado por mais esse lacaio dos Estados Unidos, o ministro, não o ex-prisioneiro. "Não se justifica, de forma irrevogável, o ócio criativo, nem tão criativo assim, remunerado" – dissera o ministro. Claro está que, nesse arremedo de governo, ninguém se entende. Parece que, além de bater cabeças, goiabas etc., batem, também, os sacos. "Tá okey?" Okey, merda nenhuma! Quem escondeu o Cheiróz?

A saída do ministro Agouro tinha sido a lapidar confirmação da teoria de que o que está ruim pode ficar ainda pior. Como se verá, a seguir, ninguém conseguiu mais esquentar a cadeira deixada por Agouro.

Canal de Esquerda Prevê Regime Fechado

Enquanto o chamado Grande Sistema não partia, de vez, para a ignorância – bons tempos, aqueles, democráticos – fechando, ainda mais, o regime político, acabando com o restinho de liberdade existente, à época, os Canais de pós-tv, na Internet, de esquerda e centro-esquerda, podiam discutir e criticar o MCU, e sua trupe de ministros, com adjetivação que ia de "idiota" a "bozo", ou seja, sem noção alguma.

Nas pós-tv se discutia a falta de mobilização social, mesmo com todas as retiradas de direitos que estava sendo feita pela Neorrepública, além da venda de todo o patrimônio nacional. Os exemplos inspiradores seriam os do Chile, Equador, Bolívia, Inglaterra e França, com os coletes amarelos, onde o povo ia às ruas, em protestos contra os respectivos governos. Às vezes, tinha-se a impressão, devido à "interpretação" que os comentaristas davam aos fatos, de que o desgoverno não duraria nem mais uma semana. Enquanto isso, o ministro entreguista da Economia, o Mercador de Chicago, vai doando todas as nossas riquezas aos capitalistas e especuladores ultraliberais. A cada gracinha feita pelo MCU, mais algumas empresas públicas e de capital misto são entregues ao capital especulativo-financeiro, que as engole, feito leões famintos e insaciáveis.

O leilão do Pré-sal – uma espécie de turbinagem da entrega do patrimônio nacional – não atraiu interessados, o que foi comemorado por certos comentaristas das pós-tv. Para outros, o interesse está, na verdade, em um futuro, cada vez mais próximo, no leilão da própria Petrobras, para que o país passe, em pouco tempo, a comprar os derivados do petróleo diretamente dos "arrematadores" da empresa que contribuiu para a alavancagem do desenvolvimento nacional. Para muitos dos comentaristas, a Operação Lava a Bras (pronuncia-se como se houvesse acento agudo no "á", ou nem precisa), foi articulada pelos Estados Unidos, para garantir o controle da "produção" do Pré-sal. Para a viabilização política, de mais esse golpe, isto é, a eleição fraudada do MCU, só possível com a prisão de seu concorrente, criou-se uma indústria de *fake news,* comandada por ex-assessor "oficial" da Casa Preta, Stiff Gunon.

Comentava-se, também, que essa estratégia do desgoverno Strump, de instalar o neofascismo na América do Sul, faria parte da chamada Guerra Híbrida, que alia ações militares a iniciativas de manipulação de massas, com intensa disseminação do ódio. As *fake News* teriam sido utilizadas, também, em países invadidos pelos Estados Unidos, especialmente no Iraque e o Afeganistão, para dominar e controlar as populações locais, bem como na chamada Primavera Árabe.

Uma das análises dos jornalistas das pós-tv, garantia que o fechamento do chamado Grande Sistema se daria em doses homeopáticas, tipo põe/tira, põe/ tira/ põe e deixa, como havia ocorrido com várias bobagens emitidas ou grunhidas, sei lá, pelo MCU, como, por exemplo, a proibição de que artistas se registrem como MEI – Microempreendedor Individual, que assustou a categoria. Outro exemplo teria sido a ameaça (estamos sob constantes ameaças) de cortar, pela metade, o BPC – Benefício de Prestação Continuada, de pessoas que dele necessitam. Isso, a ameaça, que escandalizou a todos, teria sido usada para que o desgoverno a retirasse, em seguida, facilitando que o Congresso, com o ex-presidente da Câmara, Albrigo Faia, comandando o ataque, aprovasse as demais maldades contidas nas Reformas do Fim do Mundo (sem sigla).

O Suposto MCU e o ex-presidente da Câmara jogam no mesmo time, já que a pauta econômica e de maldades do desgoverno neofascista é a mesma dele, Faia (faiô, Faia?), e de seu partido, cuja origem está na ditadura militar, implantada em 1964. "Democratas? Me poupe, Faia", disse o comentarista. Apesar disso, um quer comer o outro, no sentido figurado, será? , como dirá certa marchinha de carnaval: "Abra o olho, capitão/cuidado com o Mourão/que tá de olho na sucessão/mas atrás dele já vem quente o Faião e o Agourão."

A tal pauta econômico-entreguista é do agrado, também, da “TV Planeta” e da “TV Terra Plana”, dos principais bancos, do Incrível Buck, do Inacreditável John Escória, dos jornais “O Estado de Santa Paula”, “*The Planet*”, “Folha de Santa Paula” Fiasco das Indústrias, e todo o chamado Santo Mercado.

Agouro E 'Suas' Ordenações

Antes de se despedir do governo, pela primeira vez, em cerimônia que contou com desfile militar e exibição da Primeira Esquadrilha a Jato, Sem Viés Vermelho – PEJSVV, um "presente" da GRAN, o ministro Aldo Agouro mandou editar suas Ordenações Agourianas – ORAGO, fato que provocou a insatisfação de seu chefe, o MCU. "Quem teve votos foi (*sic*) eu, porra, tá okey?" Pra sê (*sic*) eleito cê (*sic*) vai *tê* (sic) que espaiá (*sic*) muita feiquiniu (*sic*), tá okey, de novo? Mais à frente, vamos falar desses "*sic*" aí.

Depois de vistadas pelo suposto MCU, que a rabiscou toda e mandou de volta à revisão, e após passar por um conselho de Coronéis Linguistas – CL, as mutiladas "ordenações" do antes poderoso ministro, ficaram assim:

"Decreto Plenipotenciário de Sua Excelência o Mitológico Cavaleiro Ungido, Com Pequena Ajuda do Ex-Ministro da Sanha Punitivista etc. e Tal, Pasta Que

Atualmente Tem um Nome Mais Comprido, Com Caça e Pesca, Tiro ao Alvo etc. e Tal:

CONSIDERANDO, quão sublime e benfazejo tem sido NOSSO GOVERNO, abençoado por DEUS, que garante tanto a vida quanto a morte dos CIDADÃOS DE BEM, sem ideologia de gênero, tanto na Paz quanto na GUERRA, na chuva e sob sol clausticante (a grafia está errada; o correto é causticante, e esse escriba não pode deixar passar), desde já desejando saúde ou MORTE a todos, sem comunismo, nem médicos cubanos, essas ORDENAÇÕES deverão ser, rigorosamente, obedecidas por todos AQUELES que não fazem parte da CORTE do MITOLÓGICO CAVALEIRO UNGIDO – MCU, futuro IMPERADOR;

E, mais, o Mitológico Cavaleiro Ungido – MCU, através de seu ex-Ministro da Sanha Punitivista, Plenipotenciário da Justiça, Devassa Política e Limpeza Geral – MSPPJDPLG, e possível futuro ministro da nova denominação desse Ministério (que bagunça está virando esse desgoverno...!), Aldo Agouro, com 'Brasil Acima de Tudo, Deus Acima de Todos", depois de devidamente autorizado pelo nosso chefe maior, o presidente da GRAN, resolve:

Art. 1º – As presentes Ordenações Agourianas, devidamente chanceladas pelo Mitológico Cavaleiro Ungido – MCU, que para si requere, desde já, todos os louros (mais uma coroa, não!) e méritos dessa iniciativa, na verdade uma grande ideia do NOSSO GOVERNO, depois de autorizado pelo chefe da GRAN, tem efeitos "ad perpetuam", portanto, com duração mais longeva do que a do Império Romano.

Art. 2º – Estas ORDENAÇÕES, ungidas por centenas de religiosos, como bispos, pastores e apóstolos, possuidores legítimos de seus Templos Religiosos, com Jesus Acima de Todos, e QUE AMAM A PÁTRIA AMADA, BRASIL, passa a substituir toda a legislação PÁTRIA (de novo, pátria?) sobre DIREITO CIVIL e DIREITO PENAL, existente ou imaginada, até a presente data.

(Aqui, ainda que entre parênteses, cabe, acredita este escriba, mais uma "pequena interferência": pra quê esse tanto de iniciais maiúsculas e caixa alta (carinhosamente chamadas de letras de forma, também conhecidas como maiúsculas, versais ou capitais), sejam nas iniciais ou na grafia de vários substantivos e da terceira pessoa do plural do presente do indicativo do verbo amar, absolutamente comuns, como "GOVERNO", "AMAM A PÁTRIA AMADA, BRASIL", "DIREITO CIVIL", "Templos Religiosos" etc.?

Art. 3º – Para começo de CONVERSA (de novo!), toda propriedade, seja ela Material ou Intelectual (este escriba não corrige, colocando iniciais minúsculas, pois, por dever de ofício, tem de ser fiel à transcrição), passa, a partir desse momento, em nossa NOVA POLÍTICA, à PROPRIEDADE (é duro, meu/minha, que estão a ler, como dizem os lusitanos!) da NEORREPÚBLICA, que dela fará o que mais lhe aprouver e bem entender.

Mais uma "pequena" observação: Essa "genial" iniciativa do desgoverno é uma espécie de privatização (eles adoram isso!) reversa, pois aqui o Estado não entrega os bens nacionais à iniciativa privada, mas "transfere" ao Estado (vá lá, ao tal de Grande Sistema) os bens particulares, que, no futuro, aguardem e lerão, aqui, serão devidamente entregues à iniciativa privada.

Parágrafo 1º – Qualquer tentativa de esconder patrimônio, por parte de marido, ou de CONGE (não seria conje?), sem ideologia de gênero, do sexo feminino, no sentido BÍBLICO, será considerada crime de LEZA PÁTRIA, passível de punição com a PENA DE MORTE, por MEIOS CRUEIS (aqui, é preciso intervir: "lesa", se escreve com "s", e "cruéis" não perdeu o acento com a nova ortografia da Língua Portuguesa), à escolha do sentenciado ou sentenciada, ficando claro que, obrigatoriamente, tem de ser HOMEM ou MULHER. Os OUTROS ou OUTRAS que se virem nos dezessete, que era nosso número partidário, e se enquadrem nessas ORDENAÇÕES.

Art. 4º – Ficam abolidos os PRONOMES MEU, MINHA, NOSSO E NOSSA em textos e pronunciamentos públicos ou privados, de quaisquer PESSOAS, salvo se elas, as PESSOAS, tiverem LICENÇA, por escrito e carimbada, do ex-MINISTRO da ex-Sanha Punitivista etc. e tal (uma pergunta: ex-ministro que ainda manda? Existe isso?) tudo vistado e checado pelo OFICIAL DE DIA do QUARTEL MAIS PRÓXIMO.

Art. 5º – Fica, desde já, autorizada a confecção e veiculação, por EMPRESAS DE PUBLICIDADE, simpáticas ao GRANDE SISTEMA e à GRAN, que serão escolhidas, em sorteio SECRETO, de painéis com a medida rigorosa de 100 x 200 metros quadrados (nem um milímetro a MAIS ou a MENOS), nos quais serão veiculadas campanhas anticrime, podendo, a critério da AUTORIDADE POLICIAL, serem reproduzidas fotos de CRIMINOSOS IDEOLÓGICOS, aqueles cujos pensamentos não são favoráveis ao GRANDE SISTEMA e atentam contra o AMOR À PÁTRIA.

Art. 6º – Ficam proibidas quaisquer greves ou movimentos paredistas, bem como manifestações contra o GRANDE SISTEMA ou ASSEMELHADOS ESTATAIS, em horário de expediente, também conhecido como horário comercial, em todo o TERRITÓRIO NACIONAL.

Parágrafo 1º – A única exceção é se realizar esses tipos de baderna, bem ao gosto dos comunistas e assemelhados, durante as chamadas horas mortas, de madrugada, em silêncio absoluto, cuja quebra, não de bens, mas do citado silêncio, ensejará a aplicação da pena de enforcamento público, como em tempos ancestrais.

Parágrafo 2º – Quaisquer impecilhos (a grafia correta é empecilhos, este escriba não pode deixar de anotar) que se coloque contra a livre circulação de pessoas e animais, como barricadas etc. e tal, será punido com a mesma pena do parágrafo anterior, diminuindo-se, apenas, em 1/3, a espessura da CORDA JUSTICEIRA, como desde já passa a ser chamada essa utilíssima Ferramenta de Punição Exemplar – FEPUEX (parece sigla de exportação), para que o condenado sinta mais dor.

TERRA BRASILIS , Ano 3º D.MCU, de acordo com o NOVO CALENDÁRIO DADO À LUZ PELA NEORREPÚBLICA.
BRASIL acima de TUDO, DEUS acima de TODOS.”

Grande Sistema Lança *Fake* do Emprego

Ao deixar a "ESTREBARIA DOS CAVALOS PATRIOTAS", como está escrito na fachada, o MCU foi abordado por um transeunte, que puxava um magérrimo jegue. "O lema do decreto das 'ordenações', entre aspas, é o mesmo dos nazistas, otário!", disse o homem. "Deve ser sua mãe que fez, tá okey, idiota?", disparou o MCU, com sua boa educação característica.

Com um sorriso irônico, o MCU olha o homem sendo trucidado pelos SEGURANÇAS ESCOLHIDOS A DEDO NAS MILÍCIAS UNIDAS e PATRIÓTICAS – SEDMUP.

O que você não sabia, mas a partir de agora está sabendo, na verdade por uma concessão não onerosa (diferente da do Mercador de Chicago, cujo capítulo será dado à luz, adiante) deste humilde autor, é que as milícias dominam vastos TERRITÓRIOS DE OCUPAÇÃO MACIÇA CONTRA O COMUNISMO – TOMCCO, em todos os estados da Neorrepública.

A construção da estrebaria tinha sido uma sugestão/ imposição de vários coronéis e outros oficiais, insatisfeitos com a presença maciça de generais, no desgoverno, para que o MCU se parecesse com um certo ex-ditador, que impunha medo ao país, "com sua cara muito feia" (opinião deste escriba, não de algum dos oficiais) e que preferia o cheiro de cavalos ao humano. "Depois que vi VOSSA MAJESTADE montar, garbosamente, e galopar, altaneiro, um belo exemplar da raça mangalarga marchador, na Festa de Touros e Cavalos, em Gravetos, tive a ideia. E pensei": "Esse cara é polivalente; se tornou um autêntico cavaleiro, em poucos minutos... ("e, se precisar, ainda dou uns tirinhos", brincou, inocentemente, o MCU), disse o novo general OUVIDOR DOS PLEITOS DIRIGIDOS A SUA MAJESTADE IMPERIAL – OPDSMIM, cujo cargo fora criado para atender a uma necessidade emocional do futuro imperador. Ele reclamara que estava se sentindo "isolado como uma ilha vulcânica, onde ainda não nasceu um pé de grama, árvores nem pensar, tá okey?".

Demorara uma semana para decorar essa frase, que lhe fora ensinada pelo POETA OFICIAL DA NEORREPÚBLICA – PONR, até que enfim, um civil, mas fiel apoiador das ESCOLAS CÍVICO-MILITAR COM RÍGIDA DISCIPLINA CASTRENSE – ECMRDC.

Esse cargo, de ouvidor imperial, foi criado antes da real coroação fajuta do suposto futuro imperador, o que mostra, mais uma vez, a bagunça desse desgoverno, que cria cargo, acaba com cargo, cria ministério, quase pune quase ministro, demitindo-o e renomeando-o para outro cargo, com quase o mesmo salário, a pedido dos filhos.

Por falar em quase ministro, este é o título de uma peça teatral escrita pelo mestre Machado de Assis. Com ela, buscava criar um teatro genuinamente brasileiro, de verdade, e não essa palhaçada de "Brasil, Pátria Amada", de fachada. A peça "Quase Ministro" foi encenada, pela primeira vez, na casa de amigos de Machado, no dia 22 de novembro de 1862, na rua da Quitanda, na Cidade do Rio de Janeiro.

Em sua sanha "baguncista", como diria Odorico Paraguaçu, "descria" ministério, nomeia, de manhã, e demite ministros e ministras, à tarde, ou de madrugada, pela rede social. "Administração, zero", diria um miliciano dissidente e vivo (existe isso? Cremos que não, pois miliciano discordante é miliciano morto, queima de arquivo).

"Vamo (*sic*) pará (*sic*) aí como essa conversa de cerca Lourenço, de comer c... deixa pra lá, tá (*sic*) okey, general, que puxar saco tem limite! Tá (*sic*) querendo aumento ou promoção? Se você continuar bonzinho, mais calado do que falante, pode ganhar mais uma estrela, chegando a meia dúzia, duas a mais que qualquer outro genera, tá okey? Tá bom pra você, amor? *I Love you,* Strump."

No tuíte, de madrugada, depois de fazer o mesmo general elogioso esperar um dia, uma noite e parte da madrugada, pela resposta, escreveu, ou escreveram por ele: Prestenção (*sic*) se vc ficar ainda mais bonzinho invento uma guerrinha e te promovo a MARECHAL cargo que infelismente (todo mundo sabe que é com "z", menos ele) não existe mais desde 1967 durante a REVOLUÇÃO QUE TIROU O BRASIL

DAS MÃOS DOS COMUNISTAS E ANARQUISTAS financiados com o OURO DE MOSCOU."

As vírgulas, como se pode constatar, ele as comeu, todas. Como diria um ex-presidente renunciante, o do vassoura, Jânio Quadros, que prometeu, em campanha, varrer a corrupção, em todo o país, certamente ídolo de Agouro, e que tomou posse em 31 janeiro de 1961, e renunciou no dia 25 de agosto do mesmo ano, sete meses depois, "comi-as porque qui-lo". A mania de maiúsculas, que não se sabe se dele, ou do Zero Dois, continua a mesma. É de se notar que, até agora, dos chefes do Executivo federal mais recentes, após a posse ser transferida do Rio de Janeiro para Brasília, foi o presidente Jânio Quadros e, não, o atual, que menos tempo ficou no poder, seguido de Fernando Collor, que tomou posse em 15 de março de 1990, e deixou o governo em 29 de dezembro de 1992, portanto, dois anos, nove meses e catorze dias depois. Não caberia um "sainte" entre esses dois? Em 2020, o atual iniciou o segundo ano de mandato. Será que aguenta? E conseguiu chegar ao terceiro, em 2021, mesmo não dando a mínima para centenas de milhares de mortos pela COVID-19.

Uma equipe da TV Estrela Guia estava ali, a postos, para acompanhar o MCU em sua visita surpresa às FILAS DEMOCRÁTICAS DE ACESSO AO EMPREGO, SEM VIÉS SINDICALISTA – FDAESVS, criadas após o desgoverno lançar a campanha *fake,* que oferecia milhões de EMPREGOS PROVISÓRIOS PELO BEM DO DESENVOLVIMENTO CAPITALISTA SEM VIÉS MERCOSULINO – EPPBDCSVM. "Estamos cumprindo a promessa de criação de milhões de empregos, ainda que durem apenas algumas horas, depois de aprovadas todas as reformas e vendidas todas as indústrias privadas e estatais ineficientes, inclusive a petroleira LAVAJATO (*CAR WASH) OIL* (antiga Petrobras), novo nome daquela que um dia foi a maior fonte de corrupção do mundo; do mundo, não, de todas as galáxias", disse, na transmissão ao vivo, dali, da porta da estrebaria, o MCU.

"Pergunta pra sua mãe", respondeu a um ciclista que conseguira escapar das garras dos seguranças, demitidos, na hora, por INEFICIÊNCIA NA BUSCA DE CRIMINOSOS – IBC, através das câmeras da TV Estrela Guia. O ciclista havia perguntado sobre um delator de crimes praticados por membros do desgoverno, inclusive do MCU, desaparecido após dar entrevista a um canal de esquerda no *YouTube*. O nome desse canal é "2022 — A Hora da Onça Beber Água".

O mesmo canal havia denunciado, dias atrás, que essa "criação" de empregos teria sido ideia de um norte-americano, ex-estrategista da Casa Preta, autor da TEORIA DA MANIPULAÇÃO DAS MASSAS ADORMECIDAS OU ANESTESIADAS – TEMAMAADOANE, que visava a transformar a percepção das pessoas acerca da realidade. *"Everything we manipulate is no longer virtual, but becomes real, a magic"*, tinha dito em uma palestra para INDUSTRIAIS SOBREVIVENTES DE SUCESSIVAS HECATOMBES ECONÔMICAS – ISSHE.

"Imagina esse bando de desempregados e desempregadas, de norte a sul do Brasil, Pátria Amada Brasil (tem mania de repetição!), com uma arma na mão, dando tiro pra todo lado...! Seria a felicidade dos fabricantes e vendedores de armas, impulsionando a economia. Meu menino, quase embaixador, ia ficar excitado, se ouvisse e visse isso. Ele e toda a nossa família adoramos dar uns tirinhos, no Álvaro, tá okey, porra?" E suspirou. "Mais isso só poderei fazer quando me coroar imperador, e eu mesmo me colocar a coroa na cabeça. Aí não ficará um vermelho sobre a face da Terra. Tá, tá, tá, tátátátátátátá...!!!!!!!!!". "Muito bem, meu garoto", disse um ministro, mais pendurado e pronto pra cair que laranja madura", eleito pela revista "Banalidades Elitistas", "O Puxa Saco do Ano", cuja faixa ele ostentava em todas as cerimônias públicas, obrigatoriedade imposta pelo MCU, através de Decreto Unipessoal e Discricionário Com Viés Imperial – DUDCVI.

"Quem quer ganhar um emprego, aí?", gritou o MCU, ao descer do Helicóptero Gigante (HG), presenteado pela GRAN, com a bandeira daquela nação estampada na fuselagem, acompanhado de um ex-apresentador e dono de televisão, vestido de Papai Noel, que falava, sem parar, perguntando a uma interlocutora inexistente, uma criança, se ela preferia sexo, dinheiro ou comida.

Dificuldade gigantesca teve o 99º porta-voz, dessa vez um sargento, ao contrário dos antigos, generais, para explicar as promessas de criação de empregos, na verdade, "trabalho sem garantia alguma" do 20º ministro da Economia:

"O senhor Mitológico Cavaleiro Ungido – MCU, com acentuado viés imperial, posto que, para isso, já adquiriu uma residência em Petrópolis, no explosivo Estado do Rio de Janeiro, até outro dia governado por um elemento hostil e traidor, que em breve voltará (a cidade de Petrópolis, e não o governador Tiro ao Alvo, esclarece esse escriba) a sediar o governo imperial, sob a proteção das Milícias Acima da Lei e da Ordem, em Defesa da Pátria e da Família – MILEIORDEPAFA, a exemplo de descendentes da Família Imperial, que ainda sobrevivem sob a Neorrepública, está formulando uma nova teoria de criação e ampliação de frentes de trabalho; para isso, já está avaliando a produção de um 'Reality Show', com iniciais maiúsculas, como manda a Nova Gramática Patriótica e Ortográfica – NOGPO". Que bicho é esse?

Não seria melhor só o título de Gramática? Não demora e essa coisa esquisita chamada de grande sistema vai criar A Novíssima Gramática, Verbos, Adjetivos, Substantivos, Ortografia, Uso da Crase, Vírgula, emprego do Porque – Junto e Separado, Com e Sem Acento etc. etc., Sem Viés Esquerdista, Muito Menos Comunista – NOGVEADSUOUCVEPJSCSASVEMMC. Essa sigla cansou!. Este escriba acha melhor você voltar, na leitura, lendo só a frase que interessa, pois essa intervenção ficou pior, e mais cansativa, do que a leitura e audição de voto de ministro do STF.

Você leitora/leitor, já percebeu que não existe uma regra na criação das siglas: ora se utilizam, esses desorganizados, do suposto grande sistema, de duas letras de cada palavra/expressão, consoante e vogal, ora de apenas uma letra, a consoante inicial. Assim, por exemplo, Centro de Aprimoramento de Interrogatórios Para se Arrancar Confissões Preciosas, pode ter a sigla CAIPACP ou CEAPRIINPAARCONPRE, isto é, duas coisas horrendas, impronunciáveis.

"Porta-voz, porta-voz, o MCU avalia que isso pode fazer o emprego bombar, como em tempos passados, quando governava certo ex-presidente, depois preso? O que pensa o futuro imperador?" – perguntou uma repórter, já se arrependendo do que dissera, pois lhe custaria, como se tornou normal, o emprego.

"Em primeiro lugar, aconselharia a jovem (perceberam que não pronunciei a crase, por dispensável, na linguagem falada?), pois bem, aconselharia a repórter a não tocar nesses assuntos delicados, de um passado que a gente quer esquecer, quando foi inventada, pelos vermelhos, o Maior Sistema de Corrupção de Todas as Galáxias e Universos Paralelos – MSCTGUP, do qual até hoje não nos recuperamos. A esquerda inventou todas as maldades do mundo. Não é passarinho, mas fica pousando de boazinha, para aniquilar a Civilização Cristã de Homens de Bem – CCHB. Em segundo, esse porta-voz não é vidente ou coisa parecida para saber o que pensa o Mitológico Cavaleiro Ungido. Outro conselho, que vem bem a calhar, substitua passado por pretérito, que ajuda a tornar mais culta sua simples linguagem, de faculdade a distância, em que o aprendizado fica ainda mais longínquo..." (sentiram que o porta-voz se utilizou de um sinônimo, 'longínquo', ao invés de repetir o substantivo comum 'a distância'?).

"Bom que se diga – tornou o porta-voz – que o nome dessa subespécie de ensino se grafa sem crase, que só seria necessária se o curso estivesse a uma distância determinada, do tipo 'Curso de Direito à Distância de 1.000 quilômetros'. Para finalizar, vai aqui um conselho a todos (observe que ele não diz todas, como faz a esquerda) vocês: procurem notícias boas para veicularem em seus órgãos (os veículos de imprensa, evidentemente, quem pensou outra coisa, pensou errado, otários e otárias), e o Brasil lhes agradecerá por esse gesto patriótico e de civilidade. Tenho dito."

"Quem pousa é passarinho e outros bichos alados, porta-voz! " – gritou um repórter da "Folha Vingadora de São Cabo".

"Prendam e arrebentem", ouviu-se.

Para que você leitora/leitor, não fique com um gostinho de carência lingual (que bicho é esse?), por não dominar o inglês, este humilde escriba faz uma concessão literária, e apresenta a tradução da frase dita por aquele personagem asqueroso, ex-estrategista da Casa Preta, alguns parágrafos atrás: "Tudo o que manipulamos deixa de ser virtual, e transforma-se em real, num passe de mágica", disse, em inglês, claro, o ex-estrategista, numa palestra aos empreendedores falidos pela Neorrepública.

"Mas as coisas estão melhorando" – dizem os MCUmínions, com vergonha de reconhecer a cagada que fizeram. Ou, ainda, "a economia já cresceu 0,6%; o agronegócio, então, está bombando; lacrando...!"

É preciso entender que um crescimento de 5% (sonhem juritis neofascistas...! Quase modifiquei essa frase, já que as pobres das juritis, em extinção, como a liberdade, nada têm a ver com essa loucura implantada no Brasil), depois de uma queda de 20%, na verdade não é crescimento, estando mais para "recuperação" defasada das perdas. É como se a economia fosse água, e que tivesse subido alguns centímetros, dentro de um poço ou cisterna, mas continuado no fundo, do mesmo jeito, "respirando", um pouquinho melhor, mas com a ajuda de aparelhos.

De 2003 a 2014, sendo este último o Ano I, da preparação do Golpe, quando o candidato derrotado da direita, Alécio Trevas, a exemplo de Juan Gerardo (êpa!) Guaidó Márquez (García Márquez deve estar se revirando no túmulo), na Venezuela, não aceitou o resultado, o Brasil cresceu com vigor. O venezuelano, almofadinha como o daqui, foi ainda mais longe, e nomeou a si mesmo presidente. Isso pode, Arnaldo?

O Guaidó daqui só (só?) não aceitou o resultado da vitória apertada do PT. Não quis se autoproclamar Menino Rei da Estrada Real, que bem combina com sua ideologia entreguista, pois era através dessa estrada que se "carregava" o ouro das Geraes para Portugal e, depois, para a Inglaterra. Inaugurada em meados do século 17, passa por Minas, São Paulo e Rio de Janeiro. Nos portos desse estado o ouro e o diamante eram embarcados e "levados". Fica uma sugestão para Alécio e o Mercador de Chicago: criem a Estrada da Entrega de Todo o Patrimônio Nacional aos Especuladores. De gorjeta, uma sugestão de sigla: ESENTOPANAES. Topa, Alécio?

Bons tempos aqueles em que só se enfrentava os representantes da direita liberal e entreguista, que punham a cara de fora, pois os milicianos não tinham chegado ao poder, né não?

Pois é, depois de o PSDB de Alécio e Fernão H. Vaidoso, quebrar o Brasil, mais de uma vez, em apenas oito anos, o Brasil cresceu 44,22%, o que dá uma média de 3,68% de crescimento anual do PIB, em 12 anos. Não por acaso, isso se deu nos governos do PT. E ainda há quem espalhe *fakes,* que garantem que o PT quebrou o país. Será possível distribuir riquezas, com a criação de 20 milhões de empregos, crescimento da produção e das exportações, sustentando a média anual de 3,68% de crescimento do PIB e, ao mesmo tempo, quebrar o Brasil? Só desinformado (a) acredita nisso. Ou mal intencionado (a)...!

Agora, se as contas apresentarem pequenas diferenças, a culpa é deste escriba, pouco chegado à matemática.

Para se ter uma ideia, nos governos do PSDB (Fernão H. Vaidoso, Alécio, Montanha, Fauno Tinto *et caterva*), de 1995 a 2002, o crescimento médio anual foi de 2,3%, sendo que o ano de 1998, o da reeleição dessa turma, apresentou ZERO de crescimento, como gosta de dizer um certo pretenso cavaleiro ungido, um pouco menos do que o do primeiro ano do desgoverno atual. Quer dizer, o pessoal que participou do golpe, e que apoia a agenda entreguista dos neofascistas, e entregou boa parte do patrimônio nacional, de 1995 a 2002, perdeu para O PT. Se o PT é tão ruim, e eles perdem pra esse partido, essa turma vai ganhar de quem?

Não eram eles, guiados pelo príncipe dos sociólogos, os bambambans da economia e da privataria tucana, neologismo criado pelo jornalista ítalo-brasileiro, Elio Gaspari? "A Privataria Tucana" é, também, o título do livro do jornalista e escritor Amaury Ribeiro Júnior. O ex-preso político não era um analfabeto? Como foi que conseguiu fazer um grande governo, então? Deve ter sido com a ajuda dos comunistas, que ninguém vê, ninguém viu, mas que o atual desgoverno insiste em combater! Babaquice tem limite, porra!

Se o atual desgoverno continuar a "promover" o crescimento do PIB, nos níveis atuais, ou seja, 0,6% ao ano, serão necessários, se este humilde escriba fez as contas direito, 73,7 anos para que o Brasil atinja os níveis de crescimento conseguido pelos governos petistas. Se as contas estiverem erradas, aceitamos correções e "deslikes". Chupa essa, Merdes, Mercador de Chicago!

O Primeiro Governo Golpista – PRIGOGO, do vampiro Espremer (pronuncia-se como se houvesse acento agudo (´) no segundo "e", portanto uma palavra paroxítona), criou 221 mil empregos, que corresponde à população de uma cidade média. Isso, em dois anos e meio. Dá para entender, já que em 2013, ano em que, parece, com os movimentos de rua dominados pela direita, foi iniciado o movimento golpista, o crescimento foi de 3,0% e, em 2014, mesmo com o início das ações pela derrubada de Vilma – comandadas pelo candidato derrotado Alécio Trevas, que não aceitou o resultado das eleições (pode isso, Arnaldo?), o Brasil cresceu 0,5%?

Na sequência, em 2015, véspera do golpe, o PIB caiu 3,8%, certamente, em parte, influenciado pela agitação política, comandada por um dos paus-mandados dos neofascistas e golpistas, Eldorado Brunha, à época presidente da Câmara dos Deputados, que, em dezembro, aceitou o pedido de *impeachment* de Vilma Brunheff, em 2016, quando, novamente, o PIB caiu 3,6%.

Hoje, o desgoverno neofascista e entreguista patina, em busca do crescimento perdido, parafraseando os títulos do livro "Em Busca do Tempo Perdido", do escritor francês Marcel Proust, e do filme "Indiana Jones e os Caçadores da Arca Perdida", de Steven Spielberg.

Quem deseja se informar mais – sobre o que foram os governos do PT e de FHC –, em um texto de qualidade, deve ler o grande (no tamanho e na perfeição) artigo do jornalista Mauro Santayana, publicado no Portal 247, em 9 de agosto de 2015, às 15:02h, e atualizado em 4 de julho de 2018, às 19:52h. Nele, você leitora/leitor, encontra dados confiáveis, produzidos por instituições como Banco Mundial e FMI, que mostram as diferenças gritantes entre os dois governos.

O título do artigo é "Mauro Santayana: quem quebrou o país foi FHC, não Dilma". O difícil é encontrar o dia e o mês de nascimento de Mauro Santayana nas buscas na internet; o resto é fácil. Só se sabe que fez 88 anos, em 2020, é gaúcho, nascido em 1932. Dentre os jornais que fundou está o "Diário do Rio Doce", com sede em Governador Valadares-MG. Mais uma dica: vale a pena ler sua biografia. O único risco é você se sentir pequeno, como este escriba se sentiu, diante de seu currículo.

Professor Ghirondino É O Crítico Dos Críticos

Dentre os comentaristas das pós-tv, quando isso ainda era possível, um se destacava pela sua característica única: se esforçava para ser melhor que todos os outros. Para ele, alguns canais atuavam como veiculadores de propaganda partidária, ao passo que o dele seria um espaço professoral, onde ele ensinaria os telespectadores a analisar a realidade, "sem viés partidário".

Em um de seus vídeos, dissertou sobre o que chamava de Capitalismo Intestinal (sem sigla), que nos dirigiria em nossos hábitos de consumo, colocando a todos para trabalhar, de graça, como "agentes de consumo", mesmo nas horas de merecido ou desmerecido descanso ("vocês estão entendendo, estão entendendo?" – perguntava, a todo instante, impondo a sua superioridade professoral), para uma assistência que não devia estar entendendo nada.

"Veja bem, após o fim do trabalho, ou emprego, com algum direito, passamos, todos, a ser cobaias desse tipo de capitalismo, que nos vê, a todos, como meros consumidores, verdadeiros 'Homo consumus', o que lembra certa ex-presidenta, cuja função planetária (nossa, incluindo a ex-presidenta) seria apenas movimentar a Cadeia Produtiva Primária, a que produz alimentos"– disse.

Para o professor, quanto mais consumimos alimentos, mais nos entregamos às estratégias dessa "indústria demoníaca", que nos escraviza pelo estômago, esse insaciável triturador de proteínas, calorias, sais minerais e que tais. "O ideal seria uma greve de fome, planetária, o que contribuiria para a queda da obesidade (ele sempre escorrega no politicamente correto...), com que obrigaríamos essa nefanda indústria a abandonar sua política criminosa de controlar o que comemos ou deixamos de comer."

O professor Ghirondino defendia, também, uma espécie de crítica isenta, "em que não seriam bem-vindos vieses partidários e argumentações eivadas de Deficiência Cognitiva Partidarizada (nem precisa dizer que é sem sigla!), que ofusca a compreensão da realidade, dando relevância mais à militância fanatizante, que à análise seca, racional, que "educa e abre mil horizontes analíticos aos iniciantes."

Curioso é que o professor, não raro, investia contra certos "ideólogos" do desgoverno do MCU, entre eles o quase famoso Osujo de Orvalho e o cidadão Cagão Godé, que escreve para jornais, a quem Ghirondino dedicou inúmeros vídeos, ao longo de vários meses, demonstrando uma raiva, ao que parece, incontrolável.

A origem dessa raiva havia sido analisada por outro comentarista, que chegou à conclusão de que Ghirondino estaria, apenas, exercitando o "Complexo de Feiura" (o politicamente correto manda lembranças...) desenvolvido por um psicanalista europeu moderno, o doutor Schreck (medo, susto, pânico, em alemão – lembra do Shreck, o ogro do desenho. Pois têm a mesma raiz do alemão, com a diferença de uma letra, o "c", que por sua vez, não é pronunciada em alemão? "Cuidado com *bullying,* escriba!" – dirá você –, com relação ao doutor Schreck).

Esse psicanalista, depois de trabalhar vinte horas por dia, durante 25 anos – com disciplina alemã, pois não poderia ser de outra forma, pelo simples fato de que os alemães agem como alemães e, não, como franceses, por exemplo – nessa teoria, decidira viver isolado da humanidade, em plena selva amazônica. "Selva!" – diria um certo quase-capitão, sem noção.

Na floresta, ele está sendo perseguido, sem tréguas, pela Milícia Que Abre Fronteiras Agrícolas e de Garimpagem a Bala – MIAFRONAGABA, sob a "acusação" de que esse professor (ia me esquecendo desse detalhe: ele ainda conseguia lecionar durante as pesquisas) estaria dando assessoria aos javalis metamorfoseados, considerados, pelo sistema, revoltosos e aliados de comunistas internacionais. "É a pior raça de bichos que existe; não podemos ser reféns dessa praga ruim, certamente aliada da Obrerada, a mamata acabou, babacas!" – grunhiu o general Veneno, ao ouvido do pretenso MCU.

"Quanto mais mortes, melhor" – grunhiu o general, guru para assuntos necrológicos do palácio.

De acordo com o doutor Schreck (pronuncia-se "Shirek"), o complexo seria a exteriorização de uma espécie de inveja, visceral, que uma pessoa feia sente em relação a outra, ainda mais horrível (aqui, quem escorregou no politicamente correto foi este humilde escriba).

Slogan Inspirado Nos Nazistas

Não foi dito ainda, mas aqui, nesse capítulo, novinho em folha, será explicado de onde veio a inspiração para o lema da campanha desse tal MCU, "Brasil Acima de Tudo, Deus Acima de Todos."

O lema dos nazistas, que havia inspirado, antes, a Brigada de Infantaria Paraquedista do Exército brasileiro, pouco tempo depois da edição do famigerado AI-5 (Ato Institucional nº 5), de 13 (esse número nos persegue!) de dezembro de 1968, era *Deustchland* Über *Alles* (Alemanha Acima de Tudo), copiado, literalmente, em "Brasil Acima de Tudo", pelo grupo de paraquedistas, nos tempos da ditadura militar.

A pronúncia do slogan alemão – olha aí a colher de chá deste escriba – é "Doitilan Über Alis", fazendo biquinho no "über" (este "ü" tem um som entre o "u" e o "e"), que nada tem a ver com o Sistema de Exploração de Motoristas e Comodidade de Passageiros, para Mobilidade

Urbana – SISEXMOCOPAMOUR, de mesmo nome, agora sem o trema, na grafia do português, daqui e d'além mar, devido à entrada em vigor do Acordo Ortográfico da Língua Portuguesa (AOLP), em 1º de janeiro de 2016.

Aí, chegamos ao ano da graça de 2018, Ano Um, antes do MCU, e o lema volta à baila, embalado por uma campanha de *fakes*, ao final, vencedora. Ressurge o lema, na campanha neofascista, acrescentando "Deus Acima de Todos". São tantos os "acima", que até parece revelar uma fixação em ficar por baixo.

Ainda sobre a *fake* do emprego, tratada em capítulo anterior, vale dizer que uma das perguntas feitas durante a seleção para os futuros participantes do *Reality Show*, era: "qual foi e continua a ser o *slogan* do futuro imperador, atual MCU?"

A Assessoria de Comunicação Oficial Sem Viés Interpretativo de Quaisquer Origens – ASSECOSEVIINTERQUO, mais uma sigla impronunciável, anunciou, com toda a pompa e circunstância, inclusive com a simulação, pelo MCU, da regência da Banda de Músicas Cívicas e Com Letras de Engrandecimento da Nação – BANMUCICOLEEN, que esse sofrível (adjetivo deste escriba, claro!) *slogan* seria, em breve, incorporado ao Novo Hino Nacional de Interpretação Patriótica e Louvação dos Homens de Bem – NOHINAINPALOUHOBE. Precisa falar da impronunciabilidade dessa coisa?

Tudo parecia dentro da normalidade anormal em que fora mergulhada a Nação, quando uma revolta popular dos desempregados tomou conta das ruas e praças do país. O futuro Palácio Imperial foi transformado em cinzas, o mesmo acontecendo com a Câmara dos Deputados, Senado Federal, o STF e o Ministério da Economia.

"Chama o homem" – gritou um manifestante. "Sem ele, o Brasil não anda". O homem, como disse o manifestante a veículos de comunicação, minutos depois, era um ex-presidente, ex-preso político.

O Mercador de Chicago

"O Brasil está e sempre estará à venda, senhores; façam suas ofertas", disse o Ministro Ainda Mais Poderoso Que Todos os Antecessores – MIAMPOQTOAN, a uma plateia seletíssima, de 495 CEOs de empresas, grande parte estatais, de dezenas de países. Tais executivos (*Chief Executive Officer* – CEO) tinham sido trazidos ao Brasil em um avião fretado pelo Ministério da Economia Financeira e de Venda de Todos os Ativos (e os bobos, como ficam?). A essa altura do neofascismo, não existiam mais leis de licitação, as chamadas LELI, banidas do ordenamento jurídico nacional, dentro do Programa Nacional de Eliminação de Quaisquer Barreiras Sejam Elas Físicas ou Virtuais Para Combate Eficaz a Toda a Propriedade Pública – PRONAEQUABASEEFIVIPACOMEFITOPROPU (essa aí, certamente, ganhou o troféu de maior sigla desse desgoverno).

"A mamata acabou, babacas!" – grunhiu o ministro, ao ouvir o protesto de alguns manifestantes, presos em seguida.

O fretamento da aeronave, um modelo Embraer (brasileira, antes da entrega à Boeing) que trouxe os "investidores"', foi pago com um cheque pessoal do ministro. Esse sujeito, Conservador Radical – CONRAD, recusava-se a utilizar cartão de crédito e criptomoedas, apesar de ser garoto-propaganda de uma operadora (na verdade, agiota institucionalizada) de cartão de crédito. Por aí pode-se ver a bagunça instalada no país.

O próprio MCU (Deus nos livre de cumprir a ameaça de chegar a imperador!), está faturando horrores como garoto-propaganda de um frigorífico (que seria do filho de um ex-presidente, dono de várias outras grandes empresas, de telefonia, inclusive), de uma marca de sabonete, de apetrechos de caça e pesca em áreas outrora proibidas, armamentos de todos os calibres da Fábrica Nacional de Instrumentos Bélicos para Preservação da Paz – FAIBEPREPA (olha aí, rima com trepa!), e de uma brilhantina com supostos poderes afrodisíacos. "Aí, parceiro, você mira bem dentro dos olhos do alvo, e tátátátá...! Acabou a munição, compre mais, que a indústria precisa faturar", diz o MCU, de peruca cor de rosa, em uma das peças publicitárias.

O grande problema enfrentado pelo MCU, no tocante a tais contratos de publicidade, é a insistência de seu filho Zero Três, de dar declarações públicas, dizendo-se melhor preparado que o pai para divulgar e incrementar a indústria de armamentos, contando para isso com um porto exclusivo para contrabando de armamento pesado para as Milícias Patrióticas Unidas – MIPAU (êpa...!), e Franco-Atiradores

Particulares do Bem – FRATIPABEM, especializados em abater pobres em favelas.

"Pois bem, senhores, hoje temos os prédios de todos os ministérios, os palácios da Alvorada, do Jaburu, do Planalto, do Supremo Tribunal Federal, da Câmara e do Senado, reconstruídos depois daquela selvageria desempregatista, como diria o Odorico Paraguaçu, a Granja do Torto, além de 1.550 quilômetros lineares de costa oceânica, belas praias nordestinas, e dois milhões de alqueirões mineiros, medindo 48 mil e 400 metros quadrados cada, na Amazônia Legal, que engloba os estados do Tocantins, Roraima, Amapá, Amazonas, Pará, Maranhão, Acre, Rondônia e Mato Grosso.

Mas não se preocupem, pois a quase-ex-nossa, Amazônia, tem cerca de 6 milhões de quilômetros quadrados, com mais de 1.100 rios afluentes, e o maior, o Amazonas, que lança 175 milhões de litros de água no mar, por segundo. (Imaginou o que representa isso, leitora/leitor? Claro que não; é muita água. Mas vou ajudar: são, se não estou errado, 175 mil caixas d'água de 1.000 litros. Se considerarmos que cada caixa ocupa uma área de 1,50 metro linear (medida da tampa, que é a área maior), teremos 262,5 quilômetros de caixas d'água enfileiradas. Muita estrada, né, não? E como dissemos, por segundo. Se duvidar, vá ao Google).

Nossa quase-ex-floresta, que é maior que a Europa Ocidental (quer saber quais são os países? Vá ao Google) conta, ainda, com 2.500 espécies de árvores, e 30 mil espécies de plantas, das 100 mil existentes em toda a Amazônia, que inclui, além do Brasil, mais oito países sul-americanos: Bolívia, Colômbia, Equador, Venezuela, Peru, Suriname, Guiana e Guiana Francesa" – disse o Mercador.

"Prestem bastante atenção, senhores – continuou o Mercador – estamos tomando providências bélicas para invadir todos os outros países que têm parte de seus territórios cobertos pela floresta, para repassá-la, em sua integralidade, ao Mercado, essa santa invenção do nosso velho e bom capitalismo financeiro, do qual sou um representante juramentado" (este escriba também se lembra de Odorico Paraguaçu, personagem do grande Dias Gomes, ao escrever a palavra "juramentado").

"Antes de que me esqueça – continuou o vendilhão – a nossa Amazônia Legal, e é bom que se diga, não existe uma Amazônia Ilegal (engraçadinho, não? Olha o escriba aqui, gente!), tem mais da metade do território da nossa querida e idolatrada GRAN – Grande Nação Amiga do Norte, que possui 9.834.000 (nove milhões, oitocentos e trinta e quatro mil quilômetros quadrados), menina dos olhos do nosso futuro imperador" – disse.

Cada vez mais excitado, acrescentou: "São 5.217,423 (cinco milhões, duzentos e dezessete mil e quatrocentos e vinte e três quilômetros quadrados), ou 61% do que ainda resta do território do Brasil. O mesmo acontece com a China (´os chineses estão chegando...`, diria o mestre Jorge Benjor). A China tem 9.597,000 quilômetros quadrados e, o Canadá, (pensava que era pequeno, otária/otário, se lembra do Caito Mainier?), 9.985,000, ou quase 10 milhões de quilômetros quadrados" – afirmou.

E continuou o Mercador: "portanto, temos muito o que vender. Infelizmente, senhores, hoje não estaremos disponibilizando, para aquisição, o Aquífero Guarani, que, como vocês sabem, é o maior que temos à venda, por enquanto. Só teremos que invadir a Argentina, Paraguai e Uruguai, para poder ter a posse de toda essa água. E vocês conhecem bem nossa flexibilidade negocial (que expressão bonita...!) onde o que importa é a satisfação do cliente internacional, especialmente os especuladores, quer dizer, investidores. Nosso objetivo é girar o capital, e gerar mais capital. Isso não é lindo? Este aquífero, que lhes ofertamos (vai aproveitar as ofertas, cliente?) possui, apenas (apenas, cara-pálida? – pergunta este humilde escriba) 45 mil quilômetros cúbicos do precioso líquido, como dizia minha professorinha, nos lindos anos do início de minhas carreira estudantil, antes de chegar à Escola (Universidade) de Chicago, onde me preparei para entregar o Brasil."

Um momento: vamos tentar botar ordem (progresso, também? – nessa grandiosidade). Esses "apenas" 45 mil quilômetros cúbicos representam, simplesmente, um mundo de água. Imagine um canal, pode ser de concreto, com um quilômetro de largura e de altura, repleto de água, e que tenha o tamanho necessário para cobrir, sobre o marzão Atlântico, de meu Deus, seis vezes a distância entre o Rio de Janeiro e o reino do Marrocos, no norte da África, que é (apesar deste escriba nunca ter medido) de 7.187 quilômetros.

Assim, seis vezes 7.187 km dão 43.122 quilômetros, ou seja, uma volta ao redor da Terra (40.075 km), com um troco de 3.047 km, que é mais que a metade da distância, em linha reta, do Oiapoque (Amapá) ao Chuí (Rio Grande do Sul). Essa distância, do Oiapoque ao Chuí, como aprendemos na escola, é de 4.175,72 km, em linha reta. Se você for de carro, a viagem percorre uma distância bem maior, de 5.648 km, obrigatoriamente fazendo curvas, um pouco menos, claro, que as da BR 381, de Belo Horizonte à região leste de Minas.

Com o "troco", que são 1.978 km, poder-se-ia quase cobrir o trecho da cidade do Recife ao mesmo Rio de Janeiro, cuja distância é de 2.320,6 km. Faltariam, apenas, e agora é apenas, mesmo, ao contrário do que disse o vendilhão-ministro, 342,6 km. Prestou atenção? São seis vezes essa distância. Se quiser, ao invés de um canal, coloque seis, ou seja, um canal de seis quilômetros de largura e o mesmo 1 km de altura e, por favor, faça as contas, que este escriba, humilde como ele só, se cansou. Solte a imaginação, seguidores, que ela voará como uma borboleta azul. Rárárá...!

Se este humilde errou nos cálculos, desde já ele se desculpa, pela sua inabilidade com a matemática, cálculos, equações etc., essas coisinhas complicadas. Aceitamos mensagens, desde que se dê um *like*, ao final, tá okey? Epa, essa doença pega!

"Essa maravilha da natureza, senhores (notou que ele não se dirige às mulheres?) – continuou o superministro Merdes, o Mercador de Chicago –Aquífero Guarani, será leiloada no lote final, que incluirá todo o território nacional, com todas as benfeitorias particulares e públicas, seus relevos, rios, lagos, florestas, bichos que voam e que não voam, que cantam ou não sabem cantar, chuvas, normais ou de granito (o correto é granizo, toupeira!) ventos, seca, enfim tudo que cresça ou se mova sobre a face dessa que ainda é a nossa terra, mas que, em breve, não mais será."

E prossegue: "Nossa proposta é de que, ao final desse superneoliberal (inventei mais uma palavra. Como você não deve desconhecer, o vendilhão diz, mas quem escreve *soy yo*) megaleilão, passemos a pagar aos detentores de nosso ex-território uma espécie de aluguel perpétuo. Isso não é maravilhoso? É assim que gira a roda da fortuna."

MCU Cria Suas Próprias Ordenações

Para não se sentir superado e inferiorizado (lembra do complexo de vira-lata?) frente a um certo ex e frequente (que isso?) ministro da Justiça, dentre outras atribuições, da Sanha Punitivista (este escriba nem sabe mais se essa sanha faz parte do nome do ministério), o MCU realizou mais um desejo. Desta vez, inspirado em um dos césares romanos, cuja identidade, feliz ou infelizmente, você leitora/leitor terá que descobrir sozinha(o).

Como este humilde escriba não é tão mal, sádico mesmo, como certos milicianos, aqui vai uma dica, preciosa, para tentar aliviar a ansiedade das leitoras e leitores (sentiu como, na frase, este humilde deu destaque às leitoras, sob pena de ser linchado pelos machões? Isso é que é coragem...!). O César, a que estamos nos referindo, substituiu a Caio Júlio César, que morreu, de morte matada, no Senado de Roma, quando até seu filho, Brutus, teria participado do massacre. Agora, se César, na hora da morte, disse a sentença "até tu, Brutus, meu filho?", só tem certeza quem acredita na historiografia existente, como a produzida por Caio, o Suetônio Tranqüilo, que escreveu "A Vida dos Doze Césares". Segundo Carlos Heitor Cony, jornalista e escritor brasileiro, já falecido, na introdução à obra de Suetônio, César teria dito: "Até tu, meu filho?"

Pois bem, vamos ao que interessa: obsessivo em questões morais, para camuflar sua imoralidade, o Mitológico Cavaleiro Ungido realizou mais um de seus desejos despóticos:

"Por Ordem Expressa desse MITOLÓGICO CAVALEIRO UNGIDO, FUTURO IMPERADOR PLENIPOTENCIÁRIO, sem ouvir ninguém, pra quê? DETERMINA a entrada em vigor das seguintes ORDENAÇÕES MITOLÓGICAS, UNGIDAS E IMPERIAIS:

Art. 1º – Ficam autorizadas, em todo o território da PÁTRIA AMADA TERRA BRASILIS, as brigas de galos índios, suspendendo proibição imposta por um certo ex-presidente renunciante e maluco (olha quem fala!).

Parágrafo 1º – Somente poderão participar desses torneios (desde que recolhidos, pelo Coletor Miliciano Oficial – COMIO (epa!), todos os impostos, dentre eles o de vadiagem costumeira, alergia ao trabalho etc.), galináceos nascidos em território do REINO DA TERRA BRASILIS PÁTRIA AMADA, e maiores de seis meses, desde que não tenham nascido em granjas de confinamento, e comido carne humana, especialmente de comunistas, essa raça que não é humana, e que, já, já, entrará em extinção, como a dos jornalistas.

Art. 2º – Fica terminantemente proibida a cobrança do Imposto Sobre Propriedade de Veículos Automotores – IPVA, que será substituído (quando esse futuro IMPERADOR quiser) por um imposto a ser cobrado, à vista, na boca das bombas de gasolina, todas as vezes em que o veículo for abastecido.

Art. 3º – É vedado a qualquer cidadão de FAMÍLIA TRADICIONAL E BÍBLICA, tipo papai e mamãe, levantar-se da cama antes que o dia haja raiado, ou pior ainda, antes que o galo tenha cantado. O infrator ou infratora deverá recolher, voluntariamente, a multa devida no primeiro CAIXA DE RECOLHIMENTOS MILICIANOS IMPERIAIS – CAREMII, que encontrar pela frente, ou mesmo pelas costas.

Parágrafo 1º – Se alguém estiver acordado, e fingir que ainda dorme, na mesma situação anterior, a multa será triplicada, e a infração DEVERÁ, OBRIGATORIAMENTE, ser comunicada a qualquer representante da autoridade policial OU MILICIANA, mais próxima, por qualquer dos descendentes ou ascendentes do "insone" de araque.

Parágrafo 2º – O parente que se omitir, e não entregar o "insone", será punido com a pena de desterro em uma das 365 ilhas localizadas no mar de Angra dos Reis, no estado do Rio de Janeiro, para onde NOSSO IMPÉRIO pretende mandar todos os esquerdistas com viés comunista.

Art. 4º – Os chamados sem-terra, com iniciais minúsculas mesmo, essa corja de preguiçosos, deverão permanecer 24 horas por dia e noite nos acampamentos dos assentamentos, feitos por governos com viés esquerdistas anteriores, sob pena de perda da terra.

Este ainda humilde escriba entende que a redação está meio torta, além de quase produzir uma cacofonia, com a expressão "perda da terra".

Parágrafo 1º – A ausência de qualquer membro da "família" dos sem-terra ensejará a entrega da gleba que mantinham para ESPECULAR, somente para isso, ao fazendeiro do agronegócio (agroamigodagente), esse sim, produtor de verdade, mais próximo, que poderá contratar jagunços armados para proteger sua nova propriedade, podendo, ainda, usar todo e qualquer tipo de defensivos venenosos em suas plantações, sem interferência de órgãos de controle ambiental; e ai do funcionário público que mexer com esse representante do AGRONEGÓCIO! Será condenado e preso por nosso ministro, vai e volta, futuro CONSELHEIRO IMPERIAL, príncipe do encarceramento em massa, alcunhado pelos esquerdistas de Aldo Agouro, mas que, na verdade, é Aldo D'ouro, e, se derreter, dá o anel.

Parágrafo 2º – A retirada pacífica desses elementos e elementas (uma colher de chá à petralhada, vá lá!), por MILICIANOS armados, se configura, para os efeitos da futura LEGISLAÇÃO IMPERIAL, ausência voluntária do ocupante, nos termos dessas ORDENAÇÕES, GARANTINDO, ao representante do AGRONEGÓCIO, a propriedade plena e duradoura, na verdade, eterna, da nova gleba, podendo este contar, ainda, com o devido e necessário apoio bélico das nossas NOVAS MILÍCIAS IMPERIAIS PARA PROMOÇÃO DA PAZ – NOMIIMPAPROPA.

Art. 5º – Fica estabelecido que a idade máxima para que os jovens, HOMEM E MULHER, no sentido BÍBLICO, SOMENTE, se casem, é de 19 anos, com tolerância de 1 ano a mais, apenas se o rapaz ou a moça, desde que virgens, estiverem servindo em alguma das MILÍCIAS PATRIÓTICAS UNIDAS, AGORA COM VIÉS IMPERIAL – MIPAUACOVIM.

Art. 6º – Fica proibido o casamento de evangélicos, homem ou mulher, SOMENTE, PRESTE ATENÇÃO, súditos, com pessoas que professem a religião católica, carismática ou não, gente que adora imagens, o que é uma idolatria imperdoável. Já adorar pastor, pode.

Art. 7 º – Proibida, também, está a prática herdada dos colonizadores europeus de se dormir após o almoço, a chamada sesta, responsável pela nossa baixa produtividade no trabalho, coisa de gente preguiçosa. A pena para esse crime será de uma semana sem dormir, que deverá ser aplicada por um parente do infrator.

Parágrafo 1º – Se o parente não realizar a aplicação da pena, sua pena (de novo?) será o triplo de horas sem dormir, acrescida de dois dias de jejum absoluto. Nesse caso, mesmo se penalizando o parente, o primeiro infrator terá de pagar uma multa correspondente a todo dinheiro que tiver, debaixo do colchão, ou em alguma gaveta, acrescida do porcentual de 80% desse valor, encolchoado ou engavetado, não importa (rá,rá,rá!). Nesse caso a busca será feita pela PI – Polícia do Imperador, e a operação receberá o nome de SONÍFERA.

Todo PODER ao MCU, futuro IMPERADOR do REINO TERRA BRASILIS, no 1º ano da graça D.I (depois do IMPERADOR).

Um Líder No Porão

L. da Silva, libertado de mais uma prisão, por mais um levante popular dos desempregados e empreendedores quebrados, por sucessivos Planos de Salvação de Viés Econômico – PSVE, tem conseguido escapar de todas as Ações de Controle Social – ACS. Essas ações são feitas pelas Patrulhas de Lealdade Canina – PLC, e pelas Patrulhas de Sistematização da Letalidade – PSL.

Silva ouviu, pela manhã, trêmulo, os passos de botas militares que rondavam seu esconderijo, um porão protegido por um bosque, onde sobrevivia de frutas e de algum animal que caçava, de quando em vez. Essa dieta, com que perdeu 50 quilos de peso, será comercializada, certamente, em um futuro bem próximo, quando a democracia for restaurada, com grande sucesso, sob o nome de "Dieta CaçaFruta".

A parte da caça aos animais é a que mais lhe dói. Durante toda sua vida, antes da chegada da Onda de Terror Híbrido – OTH, que consiste em aterrorizar as pessoas com notícias falsas, as *fake news*, produzidas em Laboratórios de Domesticação da Vontade e Quebra de Instintos de

Autodefesa – LABODOVONQUEINAU, espalhados por todo o país, e adestrá-las para que se juntem às Milícias Oficiais – MO, sempre fora um aguerrido defensor da vida silvestre e seu mundo ecológico.

Nestes sombrios tempos, em que desvivemos (se cuidem, dicionaristas...!), a vida silvestre e o mundo ecológico, são apenas uma pálida lembrança, depois que o Grande Sistema criou o Plano de Afirmação da Supremacia Humana – PASH.

Esse plano tinha sido uma ideia do 16º ministro da Justiça, pasta que passou a incorporar o Meio Ambiente Só para Humanos – MASH (pra quem gosta de pensar e falar em inglês, esses eternos alienados políticos), a pronúncia seria MECHE; a Economia Bem Administrada Com Teorias de Extrema Direita – EBACTED, Ministério do Serviço de Controle de Vetores de Doenças Tropicais Causadas por Hematófagos – MSCVDTCH, bem como o setor de Abates Seletivos Programados – ASP.

O "puxadinho" do ASP – Abates Seletivos Programados, foi criado especialmente para eliminar humoristas gays, considerados pelo Alto Comando do Grande Sistema – ACGS, como "os mais nefastos, pois riem até de suas próprias desgraças".

Imagina, leitora/leitor, como ficou a merda da sigla desse ministério! Fica aqui uma dica para o próximo governo: acabe com o ministério, deixe os morcegos em paz, e jogue fora essa porrada de letras que deixam a sigla impronunciável, a exemplo de centenas de outras.

Ainda sobre o ACGS, o do parágrafo antecedente, ele, o tal alto comando, convocou um seminário "para acabar, de vez, com essa bagunça anarquista, esquerdista, comunista ou socialista, sei lá, que faz uma sigla rimar com outra, não raro dois sisteminhas exibindo a mesma sigla" – diz a nota, distribuída após o seminário.

"Vamos aos exemplos:" – prossegue a Nota do autodenominado Alto Comando do Grande Sistema, que, na verdade, tenta se sobrepor ao suposto Grande Sistema, por uma questão de patente dos titulares, já que no pretenso "grande" tem alguns coronéis e majores e, no outro, somente generais: "ACS, ora é Ações de Controle Social ('é preciso investigar o porquê dessa sigla estar no plural', dissera um general, antes de morrer de raiva de uns certos rapazes filhos do dono da Neorrepública Sem Viés Comunista – NRSVC), ora Alto Comando do Sistema; MASH rima com PASH".

E segue a Nota: "Afinal, isso aqui não é nenhum clube de compositores de música popular, de samba, principalmente, raça ruim sabiamente extinta pela nossa gloriosa Patrulha de Purificação da Neocultura dos Humanos Direitos – PPNHD."

Uma curiosidade sobre nosso personagem L. da Silva, é que ele, num "esforço linguístico, de curtíssima duração", como será apelidado o método, anos depois da libertação do povo, tinha desenvolvido um sistema de escrita, em código, até então desconhecido pela humanidade, para se comunicar com editores de grandes órgãos (deixa de maldade!) de mídia, no exterior. As folhas de papel em que escrevia seus romances e manifestos políticos – se pensou que ele deveria escrever na novíssima Máquina de Escrita Guiada pelo Pensamento – MEGP, pensou errado, ingênua/ingênuo — pois seria dar mole (milho pra bode) para o pretenso Grande Sistema, eram-lhe trazidas pelos guerrilheiros da Criptoguerrilha de Resistência Literária e de Amplo Acesso à Informação – que, como ele, conseguem escapar de todos os controles do Grande Sistema. Esses combatentes criptografavam até seus pensamentos para não serem apanhados.

Um novo foco de resistência – algo que o Grande Sistema não pode nem sonhar em saber – está se formando, baseado em teorias de um pessoal de esquerda, admirador de Ernesto "Che" Guevara, Fidel Castro, Papa Francisco, Vladimir Ilyich Ulianov (Lênin), Julian Assange e seus companheiros de *Wikileaks,* além de uma pitada de Gleen Greenwald e do *The Intercept* Brasil.

Para não reforçar o culto à personalidade – um dos graves problemas não solucionados pelo socialismo, e que grandes males tem causado à humanidade –, por gente como Joseph Stalin, Mao Tse Tung, Ho Chi Minh e outros, menos cotados, todo o trabalho dessa Equipe de Pensadores Anônimos, como é conhecida, é feito sem autoria, no que chamam de Coletivização do Saber Emancipatório. Sem siglas, evidente, por motivos que você não desconhece.

Após as Jornadas de Revoltas Populares Contra o Aquecimento Global e a Opressão do Grande Capital, em vários países da União Europeia, da Ásia e dos Estados Unidos, está sendo criada a República dos Homens e Mulheres Livres. Este futuro país está situado numa ilha remota, surgida após o Grande Tsunami, que apareceu depois de uma onda de tornados, tufões, furacões e erupções vulcânicas provocados pelo aquecimento do Planeta. Para lá estão se mudando todas e todos os perseguidos pelos Sistemas de

Terror Estatal Capitalista Armamentista e Terraplanista, de todo o mundo.

A situação do aquecimento global se agravou após a GRAN (você sabe a quem se refere essa sigla!) e seus aliados terem vencido as Guerras Sem um Objetivo Definido – GSOD, que garantiram a ocupação e desmatamento de toda a Amazônia. Lá, tinha sido iniciada, anos atrás, a plantação de cereais para alimentar os milhões de Soldados Guardiões do Mundo – SGM, uma força monumental com atuação em todo o planeta. Esse exército é transportado por moderníssimos Veículos Movidos a Gases Humanos Produzidos por Alimentação Balanceada – VMGHPAB. Como você, leitora/leitor, deve ter percebido, ao longo dessa narrativa, os resistentes democráticos não usam siglas em suas organizações. Exatamente para se diferenciar dos sistemas opressores de todo o mundo.

Uma curiosidade é que, por Ordem Expressa e Irrevogável – OEI, do Comandante-em-Chefe-Supremo-da-Neorrepública-Sem-Comunismo- Socialismo e Assemelhados – CCSNRSCSA (que título é esse, minha gente? Parece que o cara bebeu... Esse amontoado de siglas está virando bagunça...!), mais uma besteira foi feita. Elas, as siglas, passaram a fazer parte de várias questões do Exame Nacional de Acesso ao Mundo Sem Comunismo, Socialismo e Kit Gay – ENAMSCSKG. Eta siglazinha difícil de pronunciar...!

As questões do exame passaram a girar em torno do significado das próprias siglas, além da história de sua criação. Até as siglas que rimavam passaram a ser objeto de questões, algo que não agradou nem um pouco ao Alto

Comando do Grande Sistema – ACGS. A propósito, no que sobrou da Câmara e do Senado federais, está sendo debatida (eufemismo para "faça o que eu mando!"), a regulamentação sobre a subordinação obrigatória do CCSNRSCSA ao Alto Comando Estritamente Militar – ACEM. Nada a ver com a carne bovina (por falar em carne, alguém viu pelo menos um quilinho barato por aí?), localizada na parte do pescoço do quadrúpede, chamada de acém. Acha você, leitora/leitor, que eu escrevi isso porque sou um profundo conhecedor da anatomia bovina? Nada disso. Basta pesquisar no tal do *Google*.

Pensa que vai passar em branco sua dificuldade de memorização? Nada disso. Confesse que foi uma luta imensa descobrir que figura estava por trás da sigla CCSNRSCSA. Agora, imagine a dificuldade dos alunos, obrigados a ter, na ponta da língua, milhares de siglas criadas pela Neorrepública!

Veja bem, leitora/leitor, a ironia literária, se é que podemos chamá-la assim. Este humilde escriba refere-se ao fato de nosso personagem L. da Silva, vivendo como verdadeiro rato de porão, ter escapado para a República dos Seres Humanos Livres, onde vão preparar uma Rebelião pela Democracia Direta, que abalará as estruturas da política mundial, e do que sobrar do Brasil, inclusive. Notou que as duas organizações não possuem sigla?

Depois da ocupação da Base de Alcântara, no Maranhão, a GRAN criou, em parceria minoritária (que bicho é esse?) com o suposto Grande Sistema, um veículo invisível, de pequeno porte, inspirado na tecnologia dos drones, que virou uma febre de consumo e de Acidentes Aéreos de

Baixo Impacto – AABI, aqueles em que os passageiros perdem apenas alguns membros (tipo uma perna e um braço, na queda), mas sobrevivem.

Agora, a ironia: a fuga de L. da Silva se deu em um "Peidinho", apelido dado pela esquerda àquele veículo, criado pela GRAN e pelo pretenso Grande Sistema, parceiro minoritário, tipo Caracu. Rá, rá, rá...!, movido a gases humanos, de sigla impronunciável: VMGHPAB.

L. da Silva deixou a prisão, pela décima vez, depois que as leis tinham sido mudadas e remudadas, virando o sistema jurídico pelo avesso. Se você pensou que este escriba inventou a palavra "remudadas", errou. É adjetivo, derivado do verbo remudar, transitivo direto e indireto, e significa mudar outra vez. Tem origem no latim, *remutāre.* Esta narrativa também é cultura, uai!

A última prisão de L. da Silva se dará por um Decreto Imperialíssimo (pra quê o superlativo sintético, se o decreto em si já é uma merda?), que, dentre outros atributos autoritários, obrigará a que se use, nos documentos oficiais do Império da Força e do Controle Opressivo das Massas – IMFORCOMA, novo futuro nome do Grande Sistema – GRANSIS, o máximo de adjetivos superlativos sintéticos. Isso para "impor respeitabilidade ao Imperialíssimo e Boníssimo Senhor Comandante das Forças do Bem e do Mal – IMBOSECOFORBEMA", como constava do documento.

Há até uma luta institucional no país, com uma disputa acirrada entre o que restou das instituições, para que a lei defina quem deve ter o privilégio de prender L. da Silva. Uma Comissão de Notáveis Remanescentes das Vacas de Presépio do Congresso Nacional – CONOREVAPRECONNA, foi ressuscitada, para criar o que seria a Lei Imperial Com Absoluta Tutela Militar nº 1 – LICOATUMI - 1, depois que a antiga Constituição tinha sido rasgada, literalmente, em praça pública, e todo o ordenamento jurídico jogado na lata de lixo, na verdade um tambor, em um Batalhão de Cavalaria Puro Sangue – BACAPUSAN.

Poder Paralelo Em Ação

Esta é uma das delícias (ai, delícia...!) de se escrever ficção. Uma coisa puxa a outra. Você notou leitora/leitor (alguém já deve estar se perguntando o porquê de este escriba colocar leitora, primeiro. E quer uma explicação. Vá querendo...!). E saiba que apareceu mais um foco de poder no final do capítulo anterior. Pois é, um grupo de generais, dissidentes, depois de tantas trapalhadas do titular da Neorrepública, decidiu criar uma república paralela, sob o pomposo nome de Suprema Neorrepública, Sem Comunismo, Socialismo e Assemelhados, KIT Gay e Mamadeira de Piroca (ai, Danada Alves! – criação primorosa do humorista Gustavo Mendes) – SNCSAKGMP. Se você achou que a sigla se refere ao "entre parênteses", achou errado, otária/otário, como diria outro humorista, do "Choque de Cultura", Caito Mainier, nascido Carlos Eduardo Lessa Mainier, que faz o personagem Rogerinho do Ingá, de quem você não poderia ter se lembrado, como este escriba indagou páginas atrás, por ele, o Rogerinho, só ter aparecido aqui, agora.

A não ser que você o conhecesse da Internet, óbvio. Isso é o que dá escrever os capítulos aleatoriamente, numa bagunça "felomenal", como diria o Giovanni Improtta, personagem do ator José Wilker, na novela "Senhora do Destino". Isso tudo aí, e muito mais, para quem ainda não sabe, está no *YouTube* e no *Google*. "Ah, não vejo mais o Wilker em novas novelas" – dirá você. Claro que não, otária/otário, pois ele morreu no dia 5 de abril de 2014, para nossa tristeza.

Algumas siglas não estão meio ex-comunistas, como essa dos generais dissidentes, que começa com "S", tem um "K", no meio, e termina com a letra "P"? Olha o tanto de consoantes! É a cara da ex-União Soviética.

Explicando a delícia de ser escritor: quando surgiu, no capítulo anterior, o título "Suprema Neorrepública, Sem Comunismo (...)" e, logo depois, o nome do novo ENEM, pintou a inspiração para criar o poder paralelo, misturando as duas siglas. Agora, no que isso vai dar, até o final dessa história, só Deus sabe. É só mais um desafio. Agora, no que vai dar essa generalada no governo, só pode ser merda pura.

Se o tempo fechar, mais que do que já está fechado, com o neofascismo, este escriba, humilde, vai "se pirulitar", como diria o impagável Improtta.

Nem bem havia terminado de escrever até aqui, veio a primeira medida da Suprema Neorrepública, dos generais. Mais generais? – perguntarão a leitora e o leitor. E vos responderei: é general para mais de metro.

"Decreto da Junta Militar, da Suprema Neorrepública, Portadora de Todos os Poderes Possíveis e Impossíveis, QUE ENTRA EM VIGOR IMEDIATAMENTE.

Art. 1° – Ficam proibidas todas e quaisquer manifestações hostis às FORÇAS ARMADAS, policiais, milicianas, e demais instituições defensoras da PAZ e fazedoras da GUERRA, das quais todos devem se orgulhar e aplaudir.

Parágrafo 1° – Qualquer manifestação, nesse sentido, seja uma simples cara feira, ou cara de contrariedade, desdém etc., serão punidos com o desterro numa das trezentas e tantas ilhas próximas a Angra dos Reis, no bombástico e pacificado Estado do Rio de Janeiro; dizemos trezentas e tantas porque a quantidade, exata, não interessa aqui.

Art. 2° – Todos deverão prestar toda a reverência exigida por ESTA JUNTA à bandeira NACIONAL, à PÁTRIA AMADA, E OUTROS SÍMBOLOS de nossa SUPREMA NEORREPÚBLICA MILITAR (uma intervençãozinha deste humilde: parece que elas ainda não decidiram como chamar esse novo "negócio" do neofascismo). Se o motorista estiver ao volante, deverá estacionar e fazer continência a qualquer bandeira que estiver hasteada, ou prestes a sê-lo, em algum prédio público, ou em qualquer prédio particular, até mesmo em uma zona do baixo meretrício, pena de fuzilamento ou banimento, que embora rimem, não são a mesma coisa; se estiver a pé, e não parar, imediatamente, para praticar todos os atos descritos nesse decreto, em seu art. 2°, sofrerá as mesmas penalidades dos motoristas, sem diferenciação de sexo, raça, preferências exóticas, eróticas ou anormais, ou quantidade de dinheiro que esteja em seu (no nosso, não, sabidões!) bolso.

Parágrafo 1° – Se o infrator ou infratora for advogado, a pena será triplicada, para que se possa extinguir mais depressa essa raça ruim, que se autointitula "defensora" da plebe ignara, totalmente dispensável em nossa NEORREPÚBLICA MILITAR.

Art. 3° – Fica terminantemente proibido, sujeito o infrator ou infratora, no sentido bíblico, ou seja, homem ou mulher, à mesma pena do artigo anterior, fazer-se referência a algum desses símbolos nacionais, inclusive as fardas militares, em músicas de gosto duvidoso, como funk, samba e o ritmo de quem usa tóchico (essa foi demais...), o tal de rock and Holl Lulla..., deus nos livre!, bai, ou seja Lullabay, dos intochicados do Bidieitómas."

Agouro Tipifica Crimes de Humor

Para demonstrar sua capacidade intelectual, em ciências humanas e na área jurídica, cada vez mais questionada Pelo Que Restou da Academia e da Intelectualidade (sem sigla, graças a Deus!), o ministro Agouro decidiu inovar e tipificar, como crimes, comportamentos que, até aquele momento, eram considerados apenas "desvios nervosos, passíveis de escusas", em sua opinião, claro.

Uma das dificuldades, das infindáveis barreiras intelectuais enfrentadas pelo ministro, na execução dessa tarefa super difícil, que no caso, vem ao caso, ao contrário dos argumentos dos advogados daquele ex-preso político, é que sua "Medida Correcional" (Pô, mais um figura punitivista!), em tese, trata dos dois tipos de humor, o "a favor" e o "contra" o suposto Grande Sistema.

MEDIDA CORRECIONAL Nº 1

"Tendo em vista as dificuldades cognitivas apresentadas por alguns membros desse Grande Governo de Defesa dos Bons Costumes – GRANGODEBOCO (mais uma sigla! Se acentuar o último "o" dá bocó), e que vêm, reiteradamente, sendo exploradas pelos e pelas, assim chamados e chamadas, humoristas (este escriba duvida de que essas vírgulas tenham sido colocadas por ele), NOSSO GRANDE GOVERNO, decide:

Art. 1º – Programas humorísticos, da TV aberta, só poderão ser veiculados no horário compreendido entre 2 horas da manhã e 5 horas da manhã, diariamente, pena de cassação da concessão, como já ameaçou nosso MCU, a certa emissora, destruidora dos bons costumes, através de novelas e séries imorais, beirando a sexualização (quê isso?) da doutrinação comunista (quem souber o que significa isso ganha um doce de melancia, que é vermelha por dentro). Essas sanções não se aplicam, por motivos óbvios, à "TV Terra Plana", nossa aliada.

Parágrafo 1º – No caso do humor ser favorável à NOSSA POLÍTICA, esse horário poderá ser estendido até às 18 horas, ficando a cargo da emissora comunicar ao Departamento de Censura Democrática e Educativa – DECENDEE, com antecedência, mínima, de 378 horas, toda e qualquer mudança na grade de programação, para evitar surpresas desagradáveis.

Art. 2º – Como é difícil manter um controle efetivo sobre as redes sociais, como *YouTube*, *Facebook* etc., estabelecendo horários rígidos de veiculação das produções e desproduções (estão inventando, também!) humorísticas, não raro de viés esquerdo-comuno-depravado, ficam terminantemente proibidos, com base na Instrução Normativa Agoural da Boca Fechada – INNORAGOBOFE (olha o bofe, aí, gente!), os canais de pós-tv humorísticos ou pseudo-humorísticos, aqueles que usam o riso para zombar da NOSSA NOVA POLÍTICA.

Parágrafo 1º – Tais humoristas, listados no "caput" deste artigo, deverão voltar ao Mercado de Trabalho Intermitente – METRAIN, trabalhar, e trabalhar muito, vários anos, preferencialmente, para conseguir dinheiro e comprar espaços nas tvs abertas, que, desde já, ficam proibidas de dar desconto nos preços ofertados a tais elementos e elementas, pena de cassação da concessão, excluindo-se, novamente, a TV Terra Plana.

(Aqui cabe um pequeno comentário do escriba: em entrevista coletiva, o suposto ministro chegou a dizer que, "depois de trabalhar, por vários anos, pois acabou a mamata, babacas, tais elementos, que nunca fizeram nada na vida, a não ser exercer o papel criminoso de locupletadores (palavrinha ruim de pronunciar, hein?) contumazes, nos governos que quebraram o Brasil, deixando tudo feito arroz de terceira, esses supostos cidadãos não vão mais achar graça em nada. O trabalho pesado e sem direitos, e um salariozinho minguado, hão de dignificar esses babacas. À toa é muito fácil fazer humor; quero ver suando a camisa", finalizou.)

Art. 3º – Os crimes praticados por tais elementos e elementas, ditos e ditas humoristas (é, eles também aprendem!) mas na verdade, humorcomunistas, ficam tipificados da seguinte forma: 1) Pena Maior – será aplicada àqueles engraçadinhos – especialmente os detentores de desvio sexual – que tenham folha corrida de participação em subversão em um tempo não muito distante, quando reinava a ordem e a paz social, e as botas eram sempre bem lustrosas, como diz o título daquele livro: "64 – Nos Tempos dos Generais As Alegrias Eram Gerais".

Aqui cabe uma observaçãozinha: parece até que o título desse suposto livro está no plural só para rimar "generais com "gerais", cúmulo do puxa-saquismo.

Parágrafo 1° – A pena a ser aplicada, para esse crime, é de 45 anos, 11 meses e 13 dias de prisão, em regime fechado, sem gretas em janelas ou portas.

2) Pena Média – aprisionará aqueles e aquelas que não declararem, de ofício, sua orientação sexual, e contar mais de uma piada diária, em emissoras de rádio, sem laive (*sic*) o que ainda está liberado, por enquanto! A pena para esse delito médio é de 29 anos, 11 meses e 13 dias.

3) Pena Mínima – incorrerá nessa sanção (não confundir com canção) – cujos anos de regime fechado será definido pelo próprio carcereiro – todos os que tentarem fazer graça com as citadas dificuldades cognitivas de NOSSA EQUIPE DE GOVERNO, a começar pelo NOSSO Mitológico Cavaleiro Ungido – MCU.

Parágrafo 1° – Todo aquele e toda aquela que fizer humor favorável aos ALTOS DESÍGNIOS DA PÁTRIA – ALDEPA (pô, mais uma sigla!), receberá um crédito de 20 anos de regime fechado, com um bônus adicional de 48 meses, que poderá ser utilizado quando da condenação futura por quaisquer delitos, inclusive os considerados "de humor".

Parágrafo 2º – Se o JUIZ entender que um ano pode ter mais de 12 meses, as penas do Parágrafo Primeiro, do Artigo 3º, PENA MAIOR, será de 45 anos, 13 meses e 13 dias, que é pra mostrar que o 13 dá azar; no caso da PENA MÉDIA, a pena (pena, de novo?) segue no mesmo caminho: 29 anos, 13 meses e 13 dias, com uma diferença: acrescida de 13 horas, ficando determinado que o JUIZ, na sentença, escreverá esse numeral, em inglês, para que seja esquecido, em português: *thirteen*, palavrinha bem feia!

(Mais um momento cultura: o *sic*, aquele termo que está entre parêntesis, para quem não sabe, é um advérbio latino, que significa, "assim, desse modo", quando se quer ironizar ou demonstrar não ter entendido o que foi dito ou escrito, coisa que abunda (nooooosssaaaa...!) nesse desgoverno, mostrando que a transcrição foi literal, como fazem os bons jornalistas e escritores. Normalmente é grafado em itálico, essa letrinha meio *torta*).

É de se observar que esse suposto governo está superando, até mesmo, as operadoras de celular, na concessão de bônus, essa enrolação inventada após a privataria das teles, pela tucanagem, que rima com sacanagem.

Agouro Pauta Este Escriba

Estava este humilde escriba se preparando para redigir o próximo capítulo, "Força-Tarefa Para Investigar O Invisível", quando o pretenso ministro Algo Agouro lançou, "ao mercado", mais uma bomba, em sua sanha punitivista. Assim, não restou alternativa, senão me ocupar dessa Medida de Inteligência Revolucionária Atípica – MEINREA, causadora de pânico, em todo o país, dada a gravidade das "inovações" de controle social que impõe, visando o fechamento total do suposto Grande Sistema. Quer dizer, este humilde escriba sente-se obrigado a seguir, de certo modo, o "assunto ou tema" determinado por esse candidato a ditador, que tantos males inflige às pessoas.

Em sua Medida de Inteligência Revolucionária Atípica Nº 1 – MIRA1 (epa, em mim, não!), Agouro, além de criar a USTRA – Unidade Superior de Tratamentos Rápidos e Atípicos, na verdade, a polícia política do pretenso Grande Sistema, no preâmbulo, diz que "enquanto a polícia cumprir a vontade dos líderes políticos, estará atuando legalmente". E, para demonstrar certa cultura linguística, escreveu: *"Mientras la policía cumpla la voluntad de los lideres, está actuando legalmente".*

"Filosofia de merda, parida pelos miolos de um psicopata", diria o filósofo Ghirondino, o Puro, que apesar de tantos males padecidos, sob o tacão de Agouro e seus asseclas, continua uma pessoa desvinculada de partido político, autêntico livre-pensador de esquerda.

Após a publicação dessa suposta Medida de Inteligência Revolucionária Atípica Nº 1, o que se daria dias depois de sua redação (da medida de exceção, claro) Agouro teria o dissabor de ouvir, de um jornalista, que fugiu da prisão, após emagrecer dezenas de quilos, e conseguir passar por entre as grades, por absoluta falta de alimentação, que essa justificativa seria a mesma (com a troca de uma ou outra palavra) dada por Werner Best, assessor jurídico da Gestapo, para justificar as atrocidades cometidas contra o povo alemão, pelo nazismo.

As "coincidências" de propósitos não param por aí: "As funções da USTRA são investigar e combater todas as tendências perigosas para o Estado, com autoridade para investigar os casos de traição, espionagem, sabotagem e toda e qualquer forma de ataque criminal ao Estado", diz o texto da Medida, literalmente o que dizia o outro documento, da Gestapo.

O que mais causava orgulho e um risinho sarcástico, em Agouro, era o trecho que dizia que a USTRA tinha, "portanto, carta branca, com zero de escrúpulos pequeno-burgueses-comunistas (trecho mandado colocar pelo suposto MCU, que recebera um bilhete de seu guru, com a anotação desse bicho-de-sete-cabeças) e nem pequeno-burgueses-liberalistas, sem se submeter a qualquer forma de controle judicial."

Para não dizer que este humilde não falou de flores, parafraseando Vandré, além de copiar, hábito nefasto, aprendido e ensinado, em Curitiba, na redação de sentenças, um publicitário, dos poucos que restaram, foi contratado e escreveu, para a publicidade da Medida: "A USTRA utilizará de todos os recursos bélicos disponíveis para abater, *in loco,* inclusive tanques de guerra, qualquer pessoa que ofenda, com palavras, gestos ou silêncios, as figuras impolutas do MCU, ministro Aldo Agouro e uns poucos que não vale a pena citar, pois a concorrência deve ser eliminada; bem como se utilizará (a onipresente USTRA, claro), de todos os meios de investigação dolorosos ou não, para obter a verdade, somente a verdade que interessa ao Grande Sistema."

Como a querer remendar o irremendável (se cuide Guimarães Rosa...), a USTRA cobrirá lacunas deixadas "pela antecedente Medida Correcional Nº 1, que trata das hienas risonhas (até Agouro tenta fazer humor!), adentrando, com força, os terrenos movediços do riso irônico e sem ironia, e da chacota, depreciativa, das instituições e autoridades, encarcerando os criminosos, e deixando a duração da pena a critério do carcereiro", diz o texto.

Elevados, praticamente, à categoria de manifestações artísticas inimigas nº 1, do suposto Grande Sistema, o riso e o humor são dissecados, no texto, por uma Comissão de Notáveis Amantes da Seriedade e da Carranca – CONOAMSECA, que diz: "Do latim, *humore,* que quer dizer 'líquido'. Através dos séculos, a maneira como o ser humano, de bem (olha o viés discriminatório!), sorri, transforma-se, acompanhando os costumes e tendências de pensamento. Atualmente, e isso é preciso combater, vivemos em uma balbúrdia sorriso-degenerado-comunista, que visa destruir os alicerces familiares da família bíblica, constituída por papai, mamãe e descendentes."

"É preciso estabelecer – vez por todas – (isso se parece com texto de voto de ministro do Supremo, de novo) que esse Grande Sistema discorda radicalmente da psicologia e de seus apologistas, que defendem a tese tarado-anarco-comunista, como também dessa tal neurociência afetiva, que parece coisa de boiola e frouxo, de que o humor é um estado de espírito afetivo, assim como as emoções."

Para essa tal Comissão de Notáveis, "é preciso rever essa história de que a palavra humor surgiu na medicina humoral dos antigos gregos, e que, naquele tempo, o termo representava qualquer um dos fluidos corporais, ou humores, como sangue, fleuma, bílis amarela e bílis negra, provenientes, respectivamente, do coração, sistema respiratório, fígado e baço."

"No século XVII – afirma o texto – Ben Johnson, que não somos obrigados a saber quem foi, teria adaptado o termo para caracterizar, de maneira cômica, o que era considerado extravagante demais, beirando o ridículo, noção que teria se popularizado, ao longo dos séculos XVIII e XIX. Mas, para nossa alegria e prazer, e regozijo de nosso líder, Agouro – continua o texto –, existe a lenda-verdade, narrativo-comunista, única vez em que deram uma dentro (tá okey, porra?) de que, para Platão e Aristóteles, o humor e o ridículo são potencialmente vulgares, perturbadores e até pecaminosos. Por isso, sua contenção e seu controle seriam, por vezes, defensáveis."

Deixando, momentaneamente, a repressão ao riso e ao humor, de lado, voltemos à criação da USTRA, verdadeira joia da coroa: Diz o art. 1º, da Medida de Inteligência Revolucionária Atípica Nº 1: "Ficam criados os Campos de Purificação (*Purification Fields,* em inglês, *e Reinigungsfelder,* em alemão), que tornarão almas pecaminosas e criminosas em adoradoras das mais elevadas virtudes que o ser humano pode almejar."

"Art. 2º - A estrutura da USTRA passa a contar, doravante, com os seguintes cargos e funções:

> I – Diretor Criminal para Assuntos de Comunistas;
> II – Diretor Criminal para Assuntos de Pensamentos de Revolta;
> III – Diretor Criminal para Assuntos de Desvios Sexuais;
> IV – Diretor Criminal para Assuntos de Sabotagens Diversas;
> V – Diretor Criminal para Assuntos de Tendências Artísticas;
> VI – Diretor Criminal para Assuntos Religiosos;
> VII – Diretor Criminal para Assuntos Familiares;
> VIII – Diretor Criminal para Assuntos de Pensamentos Confusos;
> IX – Diretor Criminal para Assuntos de Ideologia de Gênero;
> X – Diretor Criminal para Assuntos de Pensamentos Revolucionários;

XI – Diretor Criminal para Assuntos de Identidade Pecaminosa;
XII – Diretor Criminal para Assuntos de Inquisição Científica;
XIII – Diretor Criminal para Assuntos Aleatórios."

E mais, no parágrafo 1°: "A USTRA usará e abusará da 'custódia preventiva', para, com este método científico-indutor-do-convencimento, garimpar as mais belas, emocionantes e poéticas confissões, capazes de elevar, às alturas, o Índice de Ocupação Horizontal e Vertical de Vagas Privativas da Liberdade – INOHOVERVAPRILI". (Chiiii... tucanou de vez!)

Para finalizar, a pá de cal nos sonhos de todos e todas que ainda imaginam poder derrubar o pretenso grande sistema: "Os alvos de processos legais, abertos por representantes do Estado Nacional Unificado – ESNAUNI, serão processados e condenados em comarcas situadas a, pelo menos, 1000 quilômetros do local de residência dos futuros condenados e condenadas, objetivando que os custos em desfavor do criminoso sejam elevados à última potência, para que este, nunca mais, pratique Ato Ideologicamente Adverso aos Interesses do Estado Nacional Unificado – AIDEAINESNAUNI."

Força-Tarefa Para Investigar O Invisível

Uma esquadrilha de caças, e dez porta-aviões, tinham sido gentilmente cedidos pela GRAN, e enviados para as costas do Brasil. Um foi estacionado na altura da cidade de Santos-SP e, outro, próximo à cidade de Olinda-PE. Ninguém sabia de onde tinha surgido a informação ou desinformação (marca registrada da extrema-direita) de que o Departamento de Estado, dos EUA, recriaria o cerco holandês a Olinda e Recife, ocorrido em 1630.

Os porta-aviões estavam abarrotados de soldados norte-americanos e de países anexados ("países amigos", na Nova Linguagem de Escamoteação da Verdade – NLEV, criada por um cientista maluco da GRAN). Esses soldados tinham passado a cruzar os mares, incansavelmente, em busca de uma guerra onde se engajar. Um batalhão de psicólogos e psiquiatras, os acompanhava, na tentativa de evitar que se matassem (simplesmente, por força do hábito), uns aos outros.

Os porta-aviões, todos com mais de 500 metros de comprimento, foram avaliados em 450,5 milhões de dólares, cada, isso sem as Ogivas Nucleares Táticas – ONUTA, e outras Bombas de Odor Imoral Insuportável – BOMODIIN. Vários cientistas-prisioneiros ("cientista bom, é cientista preso", é o slogan em voga), estão sendo obrigados a trabalhar, sem remuneração, para definir um valor venal para as ogivas nucleares, para que a GRAN possa cobrá-las dos países atingidos por tais artefatos. O que você leitora/leitor ainda não sabe, até terminar de ler estas linhas, a não ser que seja um (a) Digitaldependente/dependenta (mais uma palavra para a coleção...) de algum canal de esquerda na rede, é que essa frase lapidar já havia sido usada para as prisões arbitrárias de um ex-presidente da República, substituindo-se "cientista" por "ex-presidente".

A justificativa para a cobrança, por livre e espontâneo terror, era a de que a GRAN, em todos os ataques, tinha sido "obrigada" a lançar "as bombinhas", em países desobedientes, que insistiam em não rezar através de sua cartilha. "Não existe café-da-manhã, almoço ou jantar grátis, nem as três refeições, de graça, em um mesmo dia, o que encareceria ainda mais o investimento alimentar" (tucanagem tem limite!) – disse o chefe da GRAN, lembrando os discursos de vários bicudos, de elevada plumagem, outrora renomados e, hoje, "ostracizados" (se cuidem dicionaristas...) da vida pública do Brasil.

Aqui cabe uma *mea culpa,* expressão latina que pode ser traduzida, para o português, como mea-culpa (minha culpa), com hífen. É que, infelizmente, para frustração do pequeno ego deste escriba, ao contrário do que afirmamos, no parágrafo precedente, a palavra já existe. Portanto, não a pudemos inventar, o que seria um enorme ganho cultural para a humanidade (mais modéstia é bobagem!). Ainda sobre a palavra, ostracismo era uma punição existente em Atenas, no século V a.C., quando, pelo voto dos cidadãos (somente homens, maiores de 18 anos), era aplicada ao político que atentasse contra a liberdade pública (imagine se for instituída no Brasil, nos dias atuais...). A pena consistia em banimento (quando se perde a nacionalidade) ou exílio (expulsão temporária do país de origem), por um período de dez anos. Para finalizar, e se a gente trouxesse essa moda de volta?

Do lado de cá, se é que a essa altura da colonização e do entreguismo, dá para se saber onde ficam os lados de cá e de lá, os investimentos foram gigantescos. Somente nessa *Task Force* (até este escriba está ficando meio colonizado, usando expressões em inglês. Quem diria, hein?) foram investidos todos os recursos conseguidos com a privatização de Tudo o que Restou da Indústria Nacional – TRIN. No total, 2.913 delegados da Polícia Nacional e 3.313 agentes tinham sido escalados para essa *Task Force*. O contingente contava, ainda, com 231 astrólogos, 1.571 sensitivos e 376 adivinhos.

Ah, antes de que me esqueça: uma lei, aprovada na calada da noite (expressão antiga, né?) havia instituído a propina. Seu nome, Lei da Propina Legalmente Adquirida

– LPLA. Por essa lei, apenas os abusos cometidos pelos recebedores (denominados na lei como "beneficiários legais") deveriam ser punidos pela Justiça. Por exemplo, exigir um percentual propinático (inventamos [que modéstia!] a palavra, nesse momento) acima de 50% do valor da obra ou serviço.

Curioso é que, depois do extermínio da vida pública visível (pois continuam a atuar, clandestinamente), de comunistas, socialistas, esquerdistas e opositores em geral, durante a vigência dos chamados Autos de Purificação das Ideologias – API, novas palavras foram inventadas para denominar o que passou a ser chamado de Nova Realidade – NORE. "As coisas, os seres, só existem, se suas existências forem chanceladas pelo Grande Sistema – GRANSIS", podia-se ler em todas as entradas das Unidades de Recepção e Acolhimento ao Capitalismo Ultraliberal Sem Viés – UREACAUSEVI, nova denominação das repartições públicas.

Como era de se prever, os "Autos" tinham sido comandados por certo ministro Plenipotenciário da Justiça e uma Porrada de Coisas Mais, apelidado, à época, de Agouromada (mistura de Agouro com Tomás de Torquemada, frade inquisidor e fanático católico do século XV, que via pecado e heresia em tudo). Após a queima das moradias de opositores, transformadas em cinzas, com tudo que tinham dentro, livros especialmente, um dos rituais dos API, o recebimento de propina tinha sido incorporado ao cotidiano. Como se pode notar, o bicho agourento vai embora, mas o cheiro de enxofre fica no ar.

O Ministro Todo-Poderoso da Economia, Capitalização Forçada da Previdência ou do Que

Dela Restou, Troco, Escambo e *Otras Cositas* Más – MTPECFPQDRTE*OCM*, lançou, inclusive, um cartão-propina, que deveria ser usado por todos os políticos de direita, extrema-direita, super direita e direitíssima, que são as ideologias que sobraram no espectro político oficial, depois da Incomensurável Formatação de Portadores de Dispositivo de Controle Geração Infinita – IFPDCGI, idealizada pelo 100° ministro da Justiça, que, como os demais, foi nomeado e demitido em poucos meses de desgoverno e Endurecimento Programado do Regime – EPR.

A propósito, a palavra corrupção foi retirada dos dicionários, por absoluta falta de utilidade. "A gente acaba se acostumando, tá okey? Um por fora, sim, mas sem viés ideológico. Isso é coisa da petralhada" – tuitou o inominável.

Na justificativa da Lei da Propina Legalmente Adquirida – LPLA, o desgoverno argumentara que a corrupção havia sido inventada pela esquerda, "com viés ideológico", e que entre pessoas de bem "humanos direitos", não haveria por que se falar em desonestidade e essas coisas inventadas pela cultura marxista e pela ideologia de gênero. "Assumimos a propina, como uma ferramenta de fomento econômico, 'pequenas empresas, grandes gorjetas e propinas', com Deus acima de tudo e o Brasil acima de todos, menos da GRAN" – vociferava, mordendo a língua, em seguida.

Voltando à *Task Force*, todos os esforços foram em vão. Não conseguiram descobrir que engenheiros e neurocientistas cubanos, russos e chineses, juntamente com discípulos de Julian Assange, tinham criado uma rede telepática de comunicação, criptografada, batizada de 742, única forma de comunicação não oficial dentro do sistema. "Comunicação de Porão, Feita por Ratazanas – CPFR", assim a rede era chamada pelos órgãos de repressão. E mais: o Grande Sistema (grande para eles, não para este escriba — que já está de saco cheio) proibiu que se dissesse ou escrevesse, na íntegra, as palavras dessa declaração, podendo os mortais comuns se referir a elas pela sigla, somente. Assim, um Parlamentar Controlado pelo Grande Sistema (PCGS), parece sigla de partido comunista, mas, como se sabe, passa longe disso, ao se pronunciar sobre tal declaração só poderia dizer, por exemplo, "a CPFR, essa farsa da comunicação, e seu futuro desmantelamento, foi uma descoberta sensacional de nossos órgãos de segurança". Eta cara puxa-saco, pô!

"Se somar essas porras de números, 7+4+2, dá 13, coisa abominável" – disse o Assessor de Imprensa Secreto – AIS, através de um general muitíssimo idoso, reformado, compulsoriamente, aos 92 anos, e que tinha mantido, até ser nomeado Assessor Especial Para Qualquer Eventualidade – ASSESPAQUAEVEN, uma rotina, rigorosamente militar, pode-se dizer, de ir ao Palácio da Montanha, na verdade um Centro de Treinamento de Milicianos do Ciberespaço (pelo menos uma organização sem sigla! Já passava da hora!) todas as manhãs, até ser nomeado por um colega não menos nonagenário.

Você leitora/leitor é uma/um privilegiada(o). O que essa *Task Force*, monumental, não conseguiu descobrir, com todos os recursos disponíveis, você ficou sabendo ao ler essas mal traçadas.

O Grande Segredo

Como se não bastassem tantos segredos, depois da aprovação do Decreto-Lei de Segredo Perpétuo Sobre Todos os Assuntos de Interesse do Estado de Mal-Estar Social – DLSPSTAIEMES, mais uma criação do Setor de Inteligência e Marketing Sem Viés Ideológico – SIMSVI, ronda o imaginário popular. Esta siglazinha, do Mal-Estar Social, tem o final pronunciável, em cerca de 59% do total de letras o que, na opinião deste humilde escriba, é uma evolução siglística – se cuidem dicionaristas...!

"Recriei-o porque qui-lo", tinha dito Aldo Agouro, já colocando as asinhas de fora, rumo ao imponderável, depois de contratar um professor de português, dada suas dificuldades com o vernáculo. Ele se referia à recriação da figura do decreto-lei, muito utilizado no Estado Novo (essa coisa ditatorial não tinha sigla) e na Ditadura Civil-Militar-DITACIMIL, apesar desse instrumento jurídico(?), ditatorial, ter sido extinto pela Constituição de 1988.

Pois bem, o segredo, sobre o qual você será devidamente informado agora (e olha que não é *fake*...!, por ser ficção) se referia a um membro da Organização dos Jornalistas Amantes da Submissão à GRAN, Sem Viés de Direita ou de Esquerda – OJASGSVDE, Alex Zorro, o Mágico (ele adora usar uma capa preta ou verde-amarela). Nesse caso, nem é necessário que haja o Sargento García, para não haver sobreposição de personagens.

De maneira que Alex Zorro, depois de se demitir da "Rede Planeta", onde falava mal, todos os dias, de governos que não fossem de direita, nem militar (confesse Alex, sua quedinha por uma farda... !) tinha sido escalado pela CIA para ser o porta-voz secreto do pretenso Grande Sistema. Era como se ele tivesse se transformado em um ventríloquo, falando através da boca de um general (mais um...!) nomeado pelo suposto chefe do pretenso Grande Sistema.

Zorro, o Mágico – cada vez mais mascarado, agora com umas paradinhas em suas falas nos áudios radiofônicos, que vende às emissoras – se especializara em governos militares, durante a Ditadura Civil-Militar, implantada em 1964. Sentia calafrios diante de certos Coronéis Operadores de Ações Cirúrgicas Contra Inimigos do Grande Sistema – COACCIGS (essa, apesar de horripilante, é pronunciável, mas nada tem a ver com cloaca), ocasiões em que chegava a bater continência, com as pernas trêmulas. Suas opiniões, emitidas nos períodos de liberdade de imprensa, dos governos democráticos, através de inúmeras emissoras de rádio, e da "Rede Planeta", tinham provocado ataques de fúria em muitos militantes políticos. Alguns, coitados, não conseguiam ouvir suas opiniões até o final, sem acessos de vômito.

Até um medicamento ansiolítico, apelidado de Anti-Zorro, o Mágico, chegou a ser produzido por um laboratório chinês (sem viés comunista) e distribuído gratuitamente pelo programa Remédios na Mochila (medicamentos e, não, Remédios, a Bela, personagem de Gabriel García Márquez, em "Cem Anos de Solidão"). O nome do medicamento é Alexzotan Verdoliva — ALEVERDO.

Não tinha sido fácil para os agentes da GRAN (sempre em caixa alta, em sinal de respeito profundo, kkkkkk...!) estabelecer o *modus operandi* do jornalista/agente da Operação Zorro (olha aí uma redundância). Primeiro, tentou-se fazer com que o jornalista Alex Zorro, o Mágico, falasse, em falsete, através da boca do idoso general. Mil quinhentos e oitenta e cinco pronunciamentos-pilotos tinham sido realizados, ao longo de 180 dias, sem sucesso. Por fim, ficou estabelecido que a voz de Alex Zorro, o Mágico, seria distorcida, com o efeito de um sotaque um tanto quanto demoníaco, se é que alguém sabe o que seja o sotaque desse bicho.

O que ninguém sabia, nessa história (vocês, leitora/leitor, são mesmo uns privilegiados), é que o pretenso Mitológico Cavaleiro Ungido – MCU, havia prometido uma vaga a Zorro, o Mágico, no Tribunal Plenipotenciário que Referenda Atos de Sua Excelência Primeira e Única – TPRASEPU (quase dá para se pronunciar), outro concorrente do STF. Para isso, dissera o MCU, deveria ser alterado o Decreto-lei de Aposentadoria Forçada – DLAF, aumentando a idade de *jubilación* (única palavra em espanhol que ele conhecia) de 85 para 98 anos. Segundo os fofoqueiros do palácio, o suposto MCU passara a se utilizar de decreto-lei apenas para não ficar atrás de Aldo Agouro, cada vez mais em campanha, para a Imperial Campanha Eleitoral dos

Homens de Bem – IMCAELEHOBE, e em colisão com o ego do autointitulado MCU.

O último pronunciamento de Zorro, o Mágico, o porta-voz secreto, em cadeia nacional (o general estava muito abatido naquele dia, talvez devido ao tom melancólico das palavras que fingia dizer), tratava de uma nova promessa do MCU (cabe aqui a abertura de mais um parêntese: a essa altura da longevidade do sistema ninguém sabia mais se o MCU estava vivo ou morto, depois de mais de 1.580 atentados sofridos). Ele prometia – segundo o 100º general-porta-voz –, "acabar com todas as subidas existentes nos perímetros urbanos ("morro é uma praga, tá okey, porra?") – dissera num encontro com militares, seus convivas preferidos), para que todos possam estrear suas bengalas novinhas em folha, que vamos distribuir". "Para todos – frisou —, ao contrário daquele governante sapônico (que porra será isso?) chinfrinho (sic), que só beneficiava os cumpanhêro (sic). Acabou a mamata, comunistada."

O Bolsa-Bengala usada (envernizada, na verdade, daí o "novinha", da propaganda oficial, pra variar), tinha sido criado por um Decreto-lei de Defesa da Segurança Nacional e da GRAN – DDSNG, imitando a antiga Aliança Para o Progresso – APAPRO, cujas caixas de leite em pó trazia a logomarca de um aperto de mãos. Essa campanha, a da aliança, tinha sido criada pela GRAN, para supostamente combater o comunismo na América latina, depois da Revolução Cubana, sem sigla, por favor, senão teremos RECU.

A propaganda oficial do bolsa-bengala lembra que elas tinham sido utilizadas, no final do século 19, e início do século 20, pelo grande escritor Joaquim Maria Machado de Assis, já que esse mestre morreu em 1908. Mas, como não poderia deixar passar essa oportunidade "feikenista" (se cuidem, dicionaristas!) o pretenso Grande Sistema cagou o batatal: anunciou, na propaganda, que Machado (isso, pra quem tem intimidade...) tinha escrito uma crônica, cujo título seria "A Bengala Mágica", e que teria sido publicada na revista carioca "A Estação" e no "Jornal da Família", título que o MCU "deseja ressuscitar, acrescentando a palavra Aliança, ficando "Jornal da Aliança da Família" puxando a sardinha para seu quase novíssimo partido", como disse o porta-voz.

Ainda de acordo com a versão oficial, a bengala mágica de Machado de Assis teria poderes inimagináveis, impossíveis de ser concedidos ao possuidor de uma bengala convencional. Trazia, em seu interior, um lápis, um abridor de cartas (muito útil àquela época), um canivete e uma bússola. "Vamos avançar com o Bolsa-Bengala, nos próximos anos, dotando esse importante instrumento de mobilidade urbana de algumas dessas ferramentas (vida de escriba é difícil: este humilde quase repetiu o substantivo "instrumento", mas percebeu a tempo. "E mais – disse o porta (só para íntimos...) – estamos estudando dotar as bengalas de eficiente instrumento de defesa pessoal, uma arma, em miniatura, de calibre 38". "Queremos ver os velhinhos dando uns tirinhos, de verdade, economizando nos puns, tá okey?" – disparou o suposto MCU, na Entrevista Coletiva na Porta da Estrebaria dos Cavalos Patriotas – ENCOPORECAPA. Oba, essa dá para pronunciar!

De verdade, mesmo, em mais essa armação do suposto Grande Sistema, só a informação de que Machado de Assis teria se utilizado de bengalas, no final do século 19, e início do século 20, e morrido no início desse mesmo século 20. A revista carioca "Estação", realmente existiu, bem como o "Jornal da Família". Só para ilustrar, o escritor jamais escreveu a tal crônica, apesar de ter produzido (sentiu a substituição do verbo escrever, por "produzir"?) dez romances, duzentos contos (até parece referência monetária), dez peças teatrais, cinco coletâneas de poemas e sonetos e mais de seiscentas crônicas. Mais um momento cultura, para você que conseguiu ler até aqui: Machado (que intimidade...!) é filho de uma lavadeira, portuguesa e branca, de nome Maria Leopoldina da Câmara Machado, filha de Estevão José Machado e Ana Rosa. O pai, Francisco José de Assis, era mulato e pintor de paredes, filho de Francisco de Assis e Inácia Maria Rosa. A mãe seria oriunda da Ilha de São Miguel, no arquipélago português dos Açores. O pai, mulato, filho de escravos alforriados.

Violência Com Mais Violência

Este o nome do novo Programa de Resolução da Violência – PRV (parece sigla de partido revolucionário), criado pelo, após uma série de cirurgias estéticas faciais, Novo Ministro Agouro – NMA. Para que não fique ainda mais confusa essa história, explicamos: Agouro saíra e voltara ao governo, várias vezes, no pequeno intervalo de alguns meses. Daí, o adjetivo "novo". Para implantá-lo (não Agouro, mas o programa), ele (Agouro, de novo, pô?) passara a contar com a assessoria do ex-tudo, Alécio Trevas, que, depois de, a muito custo, e a contragosto dos acusadores e julgadores, ser condenado, pela Justiça, a alguns minguados dias de prisão, passara a prestar serviços ao governo (no papel, era "à comunidade"), para não ficar preso. Esse benefício, no cumprimento de pena, tinha sido criado pelo ministro Agouro, para beneficiar seus ideólogos do período em que fora juiz. Assim, criou-se uma nova indústria, a da prestação de serviços, em substituição à pena de restrição da liberdade, tucanagem de prisão. As propinas legais recebidas pelos privilegiados, nesses casos, já representavam 0,5% do PIB nacional.

Sobre esse benefício de execução penal, é bom que se diga que os amigos de Agouro, pela nova lei (vê como é tudo novo?), podem acumular dias, meses e anos de "desprisão". Você deve estar se perguntando que bicho é esse. Explico: como acontece nos programas de milhagem das companhias aéreas, o Pagador de Pena Facilitada (PPF) (mais uma sigla...!), acumula Dias, Meses e Anos Fora da Prisão – DMAFP (de novo?), para serem usados em uma futura condenação (muitas vezes, novas prisões são quase certas, se o político cometer algum deslize de infidelidade ao Grande Sistema. Como se vê, é possível pagar, antecipadamente, uma ou mais penas. Isso é o cúmulo do aperfeiçoamento do Sisteminha Penal Punitivista ao Extremo, que, como você sabe, não tem nem terá sigla, criado que foi pela oposição de esquerda.

Uma explicação necessária: a palavra "desprisão" foi criada por este humilde escriba, protagonista onipresente dessa aventura literária, usando a mesma lógica utilizada pelo mestre Ariano Suassuna, na criação da fala do personagem João Grilo (ao se referir ao gato que "descome" dinheiro, no "Auto da Compadecida").

De acordo com colunistas sociais (ai que chatice!) da Grande Imprensa a Serviço do Capital Financeiro e da Colonização do Brasil, com a Venda de Todo o Patrimônio Público – GISCFCBVTPP, Trevas havia sido escolhido pelo ministro Agouro pela sua experiência em semear o ódio, iniciada durante e após uma campanha presidencial em que fora candidato. Já outro colunista, demitido sumariamente, em seguida, escreveu que a escolha se dera "por afinidade ideológica (sem viés, claro), e partidária, de alta plumagem".

O ideólogo do método científico de combate à violência, com mais violência, era um ex-combatente no Iraque e Afeganistão, países invadidos pela GRAN, além de ex-agente da CIA e do FBI. Seu nome: *Sinister Knight* (Cavaleiro Sinistro), que se gabava de ter fuzilado mais de 2500 terroristas (em sua opinião, claro, não na deste humilde escriba), a bordo de helicópteros das forças invasoras, adjetivo com o qual esse cidadão, da "América", não concorda. Os helicópteros utilizados para fuzilar civis eram os modelos *MH-53j Pave Low*, o mais sofisticado da *U.S. Army*, que possui radar que lê o contorno da superfície, e permite que voe a baixas altitudes; outro, o *Ah-64 Apache*, principal helicóptero de ataque, equipado com metralhadoras, mísseis e foguetes. Sua versão mais recente – *Longbow* (Arco Longo) – tem um sistema que detecta mais de 100 alvos, e decide qual deles é o mais perigoso. Se o pedestre estiver com uma *guthra*, o tradicional lenço usado na cabeça, ou a *kandoora*, o vestido tradicional, ou túnica, usada por homens árabes, até o tornozelo, o "sisteminha" do *Ah-64* (esse número não nos traz boas memórias) *Apache Longbow*, o identifica como perigoso, e pum, pum, pum!

Se lhe déssemos espaço para uma fala, ainda que pequena, nesses escritos – esse propulsor do programa Violência com Mais Violência – VCMV –, diria ter sido um representante das Forças de Pacificação – FOPA (sem gracinha de trocar o "P" por "D"! – combinado, leitora/leitor?), naqueles países. Forças de destruição em massa, sem sigla, dizemos nós, plural majestático para euzinho aqui, humilde escriba.

Em seu livro "O Próximo Alvo Pode Ser Você" – transformado em filme hollywoodiano, de parco sucesso – Sinester sustenta que nos tempos atuais, em que alguns governos conseguem controlar até o pensamento das massas, fica fácil o planejamento de extermínios em série. "Basta que se delimite a área que será devastada, para que a intervenção seja cirúrgica, descontinuando (a tucanagem ainda não acabou...) apenas a existência dos humanos esquerdos, e preservando os humanos direitos, armados até um pouco mais que os dentes, para fomentar a indústria bélica da GRAN e Israel" – escreveu.

Para ele, tais extermínios representam a melhor ferramenta de purificação do corpo e do espírito que a humanidade jamais experimentou, em séculos e séculos de vida terrestre. *"Our program puts the inquisition in your pocket. We have the historic opportunity to kill a lot more people, less than Nazism, because there it would he wanting too much"*– disse Sinister, em entrevista às emissoras amigas da GRAN, daqui e do exterior. Vamos traduzir, por que ninguém é obrigado a saber essa língua da dominação: "Nosso programa coloca a inquisição no bolso. Temos a oportunidade histórica de matar muito mais gente, menos que o Nazismo, por que aí seria querer demais."

Outro *Strong point* (ponto forte) de seu método – na verdade a *cakechurry* (cereja do bolo) – a alma da cientificidade da coisa toda, como poderia dizer Caetano Veloso, ou mesmo Gilberto Gil, baianos arretados, em outro contexto, claro, era a instituição do Bolsa-Espingarda (ou "Espingarda no Emborná") – como passaram a apelidar esse programa, alguns naturais de Minas Gerais. Essa nova bolsa (bem feito para os governos anteriores que inventaram e aperfeiçoaram programas com esse termo!), segundo Agouro (pô, esse cara de novo?), era de uma Radicalidade Belicista, Sem Viés Pacifista – RBSVP, capaz de encantar o mundo. "Em breve estaremos exportando-a (melhorou muito o português, depois do "conje", e da contratação da professora) para as maiores Democracias com Restrição de Direitos – DRD, do planeta. Bom que se diga que se fossem Democracias com Direitos Restringidos, a sigla seria DDR, a mesma da antiga Alemanha Oriental, ou seja, *Deusche Demokratische Republic,* o que daria um belo escândalo no chamado Grande Sistema, com penas voando para todo lado.

Essas tais DRDs tinham sido inventadas para encobrir a ausência de liberdade em várias Ditaduras do Capitalismo Dominante e Opressor (nesse caso, sem sigla, pois esse nome é uma invenção da esquerda).

A versão oficial, a narrativa ou *narrative* (como preferem certos procuradores do sul do país, adoradores de *Miami* (*Disney* etc.) dizia que a distribuição de armas para todas as pessoas, acima de 10 anos de idade, seria um inibidor do crime, haja vista que quem matasse sabia que iria morrer. Da bolsa, ou "emborná" (este escriba gostou do apelido), constava, ainda, 100 projéteis mensais, "podendo ser solicitada uma carga adicional de mais 20%, cuja concessão fica a cargo da autoridade competente". Imagine a matança! Pior, ainda, se milhões de pessoas solicitassem essa tal carga extra.

O Projeto-piloto (Agouro adora esse termo composto) começou a ser implantado em centenas de cidades, de até 100 mil habitantes, "com estrondoso sucesso na erradicação do crime" – como dissera o ministro. Na verdade, milhares de mortos tinha sido o resultado. Como todo mundo quer ir para o céu, mas ninguém quer morrer, milhões de outras pessoas se salvaram, depois de uma campanha secreta da oposição, incentivando os matadores e morredores a destruírem os gatilhos das espingardas. "Sem gatilho, não tem mortes" – este o lema da campanha secreta da oposição.

A logomarca do programa, encomendada pelo ex-tudo Trevas, rapidamente aprovada pelo ministro Agouro, que a essa altura dos Governos Fascistas Sem Viés – GFSV (nova modalidade de fascismo, "quase que essencialmente nacional" – dizia, com orgulho, o MCU) já havia saído e retornado ao governo, como se sabe, várias vezes. Se tornara uma espécie de ministro apaga-fogo, toda vez que havia uma crise. Só que ele entrava – dizendo que iria resolver o problema – e a crise piorava. Era uma verdadeira roda viva (tem dias que a gente se sente...), piorava, ele entrava, ele entrava e piorava...

O suposto Grande Sistema não tinha muito o que fazer, pois Agouro era o único direitista com cerca de 0,8% de aprovação popular, em todas as camadas sociais. Quer dizer, uma merda de aprovação. O restante – de acordo com a Nova Metodologia de Checagem das Preferências Eleitorais – NMCPE –, tinham a chamada preferência negativa, quando o eleitor, além de dizer que não vota naquelas pessoas, ainda tece severas críticas a elas. O MCU mesmo, coitado, apresentava, em todas as sondagens, um déficit de cerca de 52% de "despreferência" – acho que pelo menos essa palavra o mestre Guimarães Rosa não inventou –, ou seja, estava negativado em 52%, algo inédito.

O que só se descobrirá depois, quando uma nova *Task Force* for criada para investigar a súbita tendência contestadora da sociedade, apesar de todos usarem aqueles, infelizmente, famosos chips pessoais, é que os cientistas estrangeiros, de que falamos páginas atrás, tinham raqueado o sisteminha dos chips, embaralhando as informações neles contidas, ocasionando uma espécie de controle reverso (que diabo será isso?), onde as informações disponibilizadas ao Sistema Sem Viés Marxista – SSVM (novo nome do suposto Grande Sistema) diziam respeito a milhares de informações antigas que se encontravam na memória dos portadores dos chips. Em muitos relatórios dos Serviços de Inteligência e de Defesa do Sistema Sem Viés Marxista – SIDSSVM, podia-se ler: "mamãe, eu não quero ir à escola hoje" ou "estou com dor no joelho" ou, ainda, "tirei zero na prova de português", "me deixe brincar mais um pouco na rua", quer dizer, memórias da infância, mas nada que pudesse interessar ao suposto ex-Grande Sistema, agora pretenso Sistema Sem Viés Marxista a não ser no caso de uma ou outra criança que já tenha nascido na oposição, e que poderia ter dito, àquela época, alguma palavra de ordem contra o tal de ex-Grande Sistema. Desse modo, o governo só teria alguma informação atual, quem sabe, comprometedora, após anos de relatórios desse tipo.

Excludentes Para Os Amigos

Outro termo adorado pelo ministro (bate-volta) Agouro, é "excludente". Excludente disso, excludente daquilo, e bota excludente nisso. O ministro aproveitou um momento que ele considerou adequado politicamente (ele sempre erra nessas avaliações) e encaminhou 100 mil projetos de lei à Câmara de Deputados Controlados pelo, àquela época, ainda Grande Sistema – CDCGS, ou Câmara dos Capachos, como a apelidara deputados de esquerda, aprisionados na outra câmara, a Câmara da Gentalha Sapônica – CGS, como dizem os representantes do ex-pretenso Grande Sistema. Esses projetos visam também (parece mesmo obsessão) combater a criminalidade. Entre eles, há a chamada Lei de Proteção aos Amigos do Grande Sistema, sem sigla, pois esse apelido foi criado pelos deputados de esquerda, aprisionados *ad perpetuam* (ou seja, para sempre).

O projeto enumera centenas de excludentes vigentes durante o cometimento de crimes, a ser acatadas "a critério do julgador". Isso é o discricionarismo elevado à milésima potência, deve ter dito algum parlamentar da oposição, na clandestinidade. Se não disse, está conivente com o suposto Grande Sistema. Às vezes não dá para aliviar, você entende, leitora/leitor, porque a vontade (ou seja, o discricionarismo do juiz) não pode se sobrepor à lei.

Uma das excludentes mais engraçadas (se é que um assunto escandaloso e sério como esse tenha alguma graça) é a de "mudanças abruptas nas condições meteorológicas". De acordo com o texto da futura lei, "se o agente estatal comete o ato, que para os mortais comuns se configura como crime, no momento de um temporal ou mesmo de uma garoa, ou, ainda, sol forte, após as mesmas manifestações naturais anteriores, está configurada a excludente de 'mudanças abruptas nas condições meteorológicas', o mesmo se aplicando aos casos em que haja calor ou frio, inesperados, ou, ainda, eclipse do sol ou da lua."'

E não para por aí: no caso do agente estatal cometer o ato após se deitar (como se sabe, agentes bem treinados matam até deitados) ou levantar, ou, ainda, antes, durante e após as refeições, ao sair à rua, entrar em casa, ou em qualquer repartição pública, colocar ou retirar a farda, pensar em algo prazeroso, triste, tossir, cuspir ou respirar fundo, o juiz deve aplicar, sem titubear, essa excludente, se outra constante dessa lei não lhe for (ao praticante do ato) mais proveitosa.

Pelo jeito, o policial, o tal agente do Estado, só será condenado se matar alguém enquanto dorme (ele, o policial, e não a vítima), o que é obviamente, impossível, a não ser que a "ortoridade" seja sonâmbula.

A crítica feita pelos ex-deputados cassados e caçados, da oposição – claro que isso só foi possível com a descontinuação (tucanagem, de novo!) da utilização dos chips pessoais, o que tinha reativado as consciências – era a de que só essas excludentes já seriam capazes de provocar uma carnificina. "Pra que as outras medidas atrozes?" – perguntam.

O pior é que tem mais: outra, chamada de "excludente das características apresentadas pelo alvo, no momento da prática do ato", era ainda mais eivada de subjetividade. Dizia: "Art. 2º – As características apresentadas pelo alvo (então a vítima virou alvo?) devem, obrigatoriamente, ser observadas pelo julgador, em sua decisão."

No parágrafo primeiro, determina: "O uso, pelo alvo, de bonés, tipo dos usados por pequenos traficantes, as chamadas mulas, chapéus com inscrições oposicionistas, camisas ou camisetas com mensagens políticas, tipo 'Che Guevara', 'A Luta Continua', 'Viva o Socialismo', 'Abaixo a Ditadura Neofascista', 'A Distopia Vai Passar', 'Volta, Presidente L. da Silva"', tênis masculinos na cor rosa, trejeitos gays, tênis femininos azuis, barba tipo Fidel Castro, que felizmente já morreu, pessoas que não saibam fazer arminha, como ensinou o Mitológico Cavaleiro Ungido – MCU, são indícios bastantes para que o juiz condene o culpado, ou seja, o alvo, de imediato, ouvido, ou não, o Ministério da Salvação das Almas."

"Que permissividade" dirá você, leitora/leitor, e com razão! É bom que se diga que houve grande polêmica com a mudança do nome do Ministério Público, para Ministério da Salvação das Almas – MISALVA, por pressão *fakenista* dos procuradores evangélicos de Curitiba. Um deles, o mais histriônico, Sam Palestrura, comanda hoje uma série de Igrejas Pentecostais Orando para se Vencer na Vida com Muito Dinheiro – IPOVVMD, com financiamento descarado da CIA.

Para não perder o costume, a Polícia Geral Nacional – PGN (pô, isso aí é cópia do nome de um canal no *YouTube*, de Luis Nassif, competente jornalista!), montou mais uma *Task Force* com o nome de *Task Force on Elimination of Crime Throughout the National Territory*. Essa Task (olha que intimidade...) é composta por 580 delegados, 1.680 agentes, 590 escrivães e outros servidores, inclusive um músico que canta e toca violão para distensionar os policiais, após os trabalhos diários.

O ministro Agouro, mais uma vez, na Corda-bamba (*Gratwanderung,* em alemão, *lightrope*, em inglês, e *cuerda floja,* em espanhol, não se cansa de defender suas excludentes, país a fora, em almoços, jantares, entregas de prêmios "Homem do Ano", "Homem do Mês", "da Semana", "do Dia") desfiles de beleza, e programas televisivos do Mundo Cão Raivoso (fortes doses de criminalidade para anestesiar as massas, diria um sociólogo nos tempos da democracia, agora perdida). Só para os plenários vazios da Câmara e do Senado (os oficiais, claro), o ministro chegou a fazer 988 pronunciamentos sobre a imprescindibilidade (esse substantivo só tem menos letras que outro, inconstitucionalidade, detentor de exatas 21 letras) da aprovação das 100 mil leis, inclusive a das excludentes. Imprescindibilidade tinha se tornado um dos substantivos femininos "queridinhos" do cambaleante e camaleônico e antigo Grande Sistema, e mereceu até uma lei que obriga seu emprego "em quaisquer debates públicos que durem mais que três minutos."

Você deve estar se perguntando: "mas qual, afinal, o objetivo dessa força tarefa, que o escriba, humilde como ele próprio se define, parece ter se esquecido de dizer?" Essa fala é o máximo de interatividade (perde fácil para aquelas duas outras palavras) possível nessa nossa relação vertical, onde o escriba escreve e você lê. Mas, claro, tem a chance de questionar, algo impossível vivendo sob as garras do malévolo Grande Sistema.

Pois bem, a força tarefa visava apenas investigar possíveis desvios cometidos pelos Julgadores Imparciais – JULIM (antigos juízes), na aplicação da lei das excludentes. E não vale questionar o desperdício de dinheiro com uma ação dessa envergadura (tem gente que tem arrepios ao ler essa palavra...) para um objetivo tão chinfrim. Coisas do detonado Grande Sistema...

Os Eunucos Da Villa Real`

Este o título de uma série, produzida por "encomenda secreta" do futuro *Ancien* Régime (Antigo Regime), Grande Sistema, à Rede Planeta (Terrestre, Planeta, são tudo a mesma coisa) – que, finalmente, fizera as pazes com o desgoverno, depois de muitos desencontros, "sem viés marxista" – como sempre diziam os porta-vozes do Poder Soberano – POSO. Além do que, se se trocar o "p" por "b", e o "s" por "z", dá bozo. (porra, mas não era Grande Sistema?). Esse poder soberano, com inicial minúscula, que não estamos aqui para encher a bola do tal grande sistema opressor, era a nova invenção do desgovernante (gostou do novo termo?) em suas mídias digitais.

"A exemplo do grande Napoleão Bonaparte (lá vem merda!), vou coroar-me a mim mesmo, com minhas próprias mões (*sic*), independente da vontade de minha conje" (*sic*) – dissera, um milhão de vezes, o quase-soberano Mitológico

Cavaleiro Ungido, que a essa altura não se sabe se é MCU ou imperador. Isso está uma bagunça...!

Desde já é preciso pedir desculpas à leitora, e ao leitor, pelas dificuldades gramaticais do MCU, haja vista ter sido um péssimo aluno, e um militar pior ainda.

Essa produção, "Os Eunucos (...)", sob o ponto de vista do quase *ancien* Grande Sistema, juntava o útil ao agradável (desculpe a descriatividade, por usar uma expressão tão jurássica. Claro que descriatividade, ao contrário, foi uma boa sacada. O que você acha? Viva Guimarães Rosa!). Útil por que, com ela, a Rede Planeta passara a faturar horrores (tipo 15% do dinheiro arrecadado com todas as privatizações), voltando a dominar o mercado. E o (cansei!) Grande Sistema estava conseguindo implantar as ideias mirabolantes (antiga palavra, não?) de outro especialista grandense (essa é a naturalidade – essa palavra existe ainda?) das pessoas nascidas ou naturalizadas na GRAN.

Apply Terror, o nome da fera, desenvolvera teorias de comunicação audiovisual de massas que tinha como eixo central a aplicação de mensagens de "Terror Subliminar" (nem tão subliminar assim). Esse tipo de série havia sido exibido em tevês abertas em vários países pobres, "com esplendoroso sucesso", como afirmara Terror, em encontro hipersecreto com o MCU, nos porões do Palácio ("tem que se manter isso aí, viu?", ouviram Terror e o MCU, do que parecia a voz de um vampiro, arrastando correntes, e saíram correndo. Como este humilde escrita obteve a informação, você deixe pra lá, pois há sempre alguém doidinho para vazar informações dos poderosos. Se for informação de cocheira (coisa antiga, não?), ou de porão, aí é que o secreto se torna público, mesmo.

De acordo com a teoria do Terror Subliminar – TERSU, grandes exemplos de crueldade têm o condão de domar as massas – indispondo-as à prática de violência, tornando a todos e todas cidadãos e cidadãs de bem – especialmente depois dos problemas técnicos havidos com os chips pessoais, que, como você se lembra, estavam fornecendo apenas informações sobre a infância dos portadores daquela merda de controle social.

"Os Eunucos da Villa Real" têm como atores pessoas (crianças, jovens, adultos e idosos) que haviam sido castrados (não se horrorize, ainda!), não com a retirada de seus órgãos sexuais, mas em sua ideologia. Diferente dos eunucos tradicionais, que não podiam fazer, esses não podiam pensar em sexo, nem em questões políticas – especialmente na possibilidades de derrubada do sanguinário Grande Sistema – programados que haviam sido por Novo Dispositivo de Reversão de Expectativas – NDRE – implantados após anestesia geral, exatamente para que as cobaias não soubessem da existência de tal dispositivo, em seus corpos.

Pois bem, o lançamento da série havia sido precedido de intensa campanha publicitária – pois aquilo era considerado a tábua (Agouro e o MCU sempre dizem "tauba") de salvação do terrível Grande Sistema.

Isso acontece no momento em que centenas de rebeliões pipocam por todo o país, desde que o governo passou a enfrentar uma intensa luta interna para realizar uma licitação, entre amigos, que legalize a compra e a transferência de tecnologia dos famigerados Novos Chips Individuais de Readaptação Social – NOCIRES.

As dificuldades tinham se agravado depois que a Organização Internacional de Salvação das Espécies – OISE (é uma siglazinha engolível) tinha realizado uma campanha internacional contra os regimes autoritários de extrema direita. Da OISE (sigla criada pelo nojento Grande Sistema, já que há uma lei que tornou obrigatória a colocação de sigla "em todas as entidades e organizações sobre as quais se escreva, em todo o território nacional", conforme o texto legal, era composta pela China, Rússia e outros países de menor expressão. Aqui cabe uma pergunta: o tal Grande Sistema não tinha mudado de nome?

Os eunucos dessa série vivem na corte do Príncipe da Obscuridade – PRINCOBS, título criado por uma Medida Sigilosa, de Sua Majestade (com iniciais maiúsculas, uma exigência do, não-sei-que-diga, Grande Sistema, com iniciais maiúsculas, que aqui não tem bobo pra virar eunuco).

Ironia do destino (essa expressão, também, não é nova) o chefe da Delegação dos Eunucos a Serviço de Sua Majestade – DESSM, é o mesmo Trevas (a arte imita a vida) companheiro inseparável (pô, vamos parar com lugares-comuns!) do ministro Agouro. Trevas, como se sabe, tinha sido um dos principais responsáveis pela derrubada do Último Governo Democrático da República (nesse caso sem sigla, por motivos de que você tem conhecimento).

Apelidado, há anos, por certo escriba, este que detesta ser celebridade, e que lhes escreve, de "O Menino Rei da Estrada Real", esse protegido da Justiça, corre sério risco de ser "eunucado", termo politicamente incorreto, e chulo, criado pelo Grande Sistema, para designar pessoas punidas com sua transformação em eunuco. Considerado o Joaquim Silvério dos Reis, do Primeiro Governo da Era Democrática Pós-2002. O título foi dado a Trevas pelas traições praticadas contra o 35º (o ex-preso, "por convicção" de procuradores e juiz) presidente da ex-República. Ele, Alécio, se notabilizara por conseguir investimentos para seu Estado, como governador, com aquele ex-presidente, em encontros no Palácio presidencial e, logo na saída, ao encontrar uma câmera, um holofote de tv, tecer sérias críticas ao governo federal. Quer dizer, um verdadeiro bipolar político, com aquelas sua paradinhas vocais trepidantes.

Mas, voltando ao enredo de "Os Eunucos (...)", na série se pratica mais violência do que aquela executada pelos grandes chefões do tráfico, nacional e internacional. Pablo Escobar, "Chapo" Guzmán, Beira-Mar etc., são fichinhas perto do que ali se tortura e mata. Numa cena, chegou-se ao cúmulo de dependurar três eunucos, de pequena estatura, em ganchos de açougue, com uma placa afixada ao peito, onde se lia: "Reservados para execução ao pôr do sol".

O detalhe, que só as imagens podem mostrar, em sua crueza, é que aqueles seres humanos já estavam mortos, há muito tempo, e apresentam as vísceras pendentes. O crime dos três? Pensar em desobedecer às ordens da Corte. "Muito pouco, para tanto violência, que saudade dos Direitos Humanos", dirá você. E com razão.

Assim, as "cenas do próximo capítulo" são sempre aterrorizantes. O pior é que no dia seguinte se descobre que a violência é ainda maior que a apresentada nas "cenas do próximo (...)" do dia anterior.

Para sujar ainda mais de sangue as telas das Tevês Com Programação Dirigida – TEPRODI, tinha sido inaugurado o Açougue de Sacrifício das Mentes Incontroláveis – ASMI (uma siglazinha até boa para tanto horror), onde se esquartejava, para dizer o mínimo, dezenas de eunucos todos os dias. É melhor que deixemos para a imaginação das leitoras e leitores as atrocidades que ali eram praticadas. Este humilde escriba se abstém de narrá-las, para conforto e alegria geral da nação.

AntiGran Como Resistência

Um pequeno texto, publicado na rede de computadores, tinha levado o esquartejador Grande Sistema Imperial a endurecer as regras de acesso digital, com total apoio da GRAN e da empresa de buscas, nessa rede.

Agora, como acontecia com certo Prisioneiro Político Número Um do Grande Sistema – nesse caso, também, sem sigla –, que utilizava um *pen drive*, na Prisão Número Um – PRISANUM, especialmente passa assistir a certos programas de canais de esquerda, ou nem tanto, o acesso à rede passara a se dar através de uma engenhoca, minúscula, praticamente invisível. O Dispositivo de Reeducação Digital – DRD (parece a sigla da ex-Alemanha Oriental, a DDR, já citada), sucessor do *pen drive*, é produzido por Trabalhadores Não Remunerados – TRANARE, escravizados pelo Serviço de Monitoramento e Segurança do Estado Nacional Supervisionado pela GRAN – SMSENSG.

O trabalho, sem remuneração, faz parte do Grande Pacote de Medidas Para Finalmente Promover o Crescimento do País – GRANPAMEPAFIPROCRESPA. Epa, essa aí ficou especial, um exemplo de impronunciabilidade. Mas perde feio para a famosa "inconstitucionalissimamente", que, à diferença de certos redatores que escrevem "aproximadamente", quando só pode ser uma coisa ou outra (ou dez ou quinze bois, cavalos etc.), este escriba afirma possuir 27 letras. Impronunciabilidade, como o leitor e a leitora podem conferir, possui escassas 19 letrinhas, sendo (aí já é para encher o saco!), nove vogais e dez consoantes. Imagine se disséssemos "aproximadamente 10 bois". Só se, por exemplo, houvesse nove e, ao último, lhe faltasse um terço da carcaça..."

Tais dispositivos são distribuídos, semanalmente, a todos os cidadãos e cidadãs que fizerem a solicitação, em um requerimento, em 11 vias, controlado pelo Órgão de Segurança Digital – ORSEDI, com pelo menos quarenta e nove horas de antecedência (o controlador Grande Sistema havia abolido o prazo de quarenta e oito horas, considerado pelo MCU como arcaico, e que poderia ser utilizado pelo Partido dos Obreiros para derrubá-lo. "Quero ver a obrerada, essa capetezada, me derrubar agora, em quarenta e oito horas, prazo que não existe mais, tá okey, porra? Se quiserem, que me derrubem em 72 horas ou mais, tá, tá, tá, tá okey, de novo, porra? E aproveitem antes que eu decrete o fim do calendário e ninguém mais vai saber em que dia estamos."

O objetivo dessa nova modalidade de censura é manter os nacionais atrasados, em pelo menos uma semana, em relação ao resto do mundo. Assim, acabou-se por eliminar, também, expressões como "você viu o vídeo de ontem?", "eu li isso anteontem", denunciadoras de um pretérito ainda "quente", se é que se pode considerar dessa maneira.

O dispositivo, de suposta Reeducação Mental – REMEN, é seletivo, esse seu diferencial, e indica ao usuário se a pesquisa que está fazendo é permitida, ao ser conectado ao aparelho de acesso à internet (computador, *smartphone* etc.). A qualquer avanço de sinal, cadeia, com ordem de prisão assinada por Agouro, promovido a conselheiro-ministro.

"O grande entrave para o progresso, Deus acima de tudo, do Brasil, é a marcação do tempo, tá okey, porra? Temos de ser como os bois, que ruminam o capim que comem, tá okey, porra? Assim, devemos ruminar as informações que recebemos, sem *fake news*, tá okey, porra?" – resmungou o pretenso imperador. E, após tomar o microfone das mãos da repórter da "Rede Planeta", disparou: "Não conheço nada que seja muito bom quando é feito depressa, instantâneo, nem aquele negócio, tá okey, porra, o serviço que papai e mamãe fazem, tá okey, porra? E do jeito que as coisa tava ino *(sic)* (aí já começou a derrapar no português...) ninguém mais trabalhava só apertano *(sic)* (de novo!) as tecrinhas dos apareio" *(sic)*, sem comentários...

Você, leitora/leitor, deve estar hiper curiosa (deixa de machismo, cara!) ou curioso (acalmou agora?) com o que estava escrito nesse Torpedo Digital Direcionado aos Corações e Mentes Receptivos/Receptivas (sem sigla, claro), que abalara o já combalido Grande Sistema, pretensamente imperial.

Eis o texto: "Na História recente dos países da América Latina, há registros de inúmeras revoltas populares, motivadas pelo sentimento antiamericano, e contra as elites nacionais, quase sempre submissas ao império norte-americano. Tais movimentos nacionalistas (imagino que haja leitora/leitor chamando este humilde escriba de retrógrado e jurássico. Não tem problema... e vão desculpando, desde já as intervenções autoritárias entre parênteses) aconteceram no Equador (2000), Argentina (2001), Venezuela (2002), e na Bolívia (2003). São movimentos de resistência, em defesa da cidadania, contra a tentativa, sempre frustrada das elites, de implantar mais uma ditadura, a do Santo Mercado que Salvará as Economias de Todo o Planeta, esse ser invisível e maléfico ao extremo, que ainda poderá destruir, não somente a Terra, mas todo o Universo." (Se você achou que este autor se esqueceu da sigla, errou. O nome dessa coisa é uma ironia da esquerda).

Continua o documento: "Somente governos que apostarem na ruptura desse modelo perverso (taí o sanguinário Grande Sistema, autodenominado imperial, que não nos deixa mentir), será capaz de salvar toda a América Latina das garras do Império Opressor do Norte". Sem sigla, mas aqui cabe uma explicação: este é o nome inventado pelos partidos de esquerda para nomear a GRAN. Mas, como exercício siglístico, você pode colocar sigla. Uma sigla a mais, ou a menos, não fará diferença, nesse oceano de impronunciabilidades. Mais interatividade, impossível...!

Este textículo (favor não confundir com o componente do órgão sexual masculino, inclusive por que este, referente a texto, se escreve com "x" e, não, com "s", como o testículo guardado pelo saco escrotal, órgão sofredor de *bullying,* quando se quer xingar alguém: "Fulano é escroto."), teve

950 milhões de acessos e provocou as chamadas Jornadas Anti-Império Opressor do Norte e Local (sem sigla, claro), que vão durar cerca de doze meses e abalarão os alicerces do (sei lá!) Grande Sistema. A palavra de ordem mais utilizada, no final das Jornadas Anti-Império (...), será "dá um empurrãozinho que cai", referindo-se ao desgoverno do Brasil.

Todo-Poderoso Desprivatiza

Depois de "queimar" todo o patrimônio nacional, com as Privatizações Hiperliberais, em Busca de Mais 1 Trilhão de Reais – PHBMAIS1TR (notou a sigla mesclada?), não sem antes ter acabado com a Previdência Social, em busca do outro trilhão, o todo-poderoso, senhor dos números e das números *(sic)* descobre, mais uma vez, a pólvora. Lança, com estardalhaço, ao som da Banda Nacional Musical Ponte Para o Futuro Sem Estado – BOMDIA, o novo Plano Nacional de Reversão da Propriedade e Capitalização Social em Busca do Aperfeiçoamento do Liberalismo Capitalizado – PNRPCSBALC. Que merda é essa? – você deve estar se perguntando, já que, infelizmente, por artes da onipotência literária (sem sigla), não há como se dirigir diretamente a este que vos escreve. Essa possibilidade só existe para alguns poucos privilegiados. Feliz ou infelizmente... A sigla BOMDIA é isso mesmo. Só para confundir as pessoas, já que não se associa a sigla a seu enunciado.

Parece que o vendilhão, todo-poderoso, quer parecer mais simpático. Vá querendo.

A propósito, você sabia que essa palavra, desprivatizar, que em tempos idos, era o terror dos entreguistas (privatistas, na linguagem deles próprios) não se encontra nos dicionários? Só não será mais uma invenção nossa (nossa, por educação, com o plural majestático, mas de euzinho, aqui), por culpa de certos parlamentares de esquerda que, parece, inventaram o termo, ou dele se apropriaram. Essa esquerda, vou te falar...! Momento cultura: o plural majestático, do latim, *pluralis majestatis,* é conhecido, também, como plural de modéstia. Palmas para mim. kkkkkkkkk!

Em que consiste essa maravilhosa invenção? – não o plural, mas a Desprivatização Hiperliberal (...) (economizamos algumas palavras) – você perguntará. Antes, vamos contar um pouco da história dessa invenção do todo-poderoso. Sei que, às vezes, é difícil conter a curiosidade, a ansiedade, para chegar ao final desse minicapítulo, mas saiba leitora/leitor, que agudizar essa ansiedade faz parte da arte e do ofício de se escrever ou contar, oralmente (não pense besteira...!), uma história.

A desprivatização visa a dar início a uma nova forma de capitalismo, denominado Capitalismo Tutelado pelas Instituições Bancárias e de Especulação Imobiliária – CATUIBEI (ficou até legalzinha, mas não podemos nos esquecer de que é mais uma merda desse suposto grande sistema, pretensamente imperial).

Não nos deixemos enganar, definitivamente! A teoria – importada da GRAN, para não perder a submissão (pensou que eu escreveria "o costume"? Errou otária/otário, como diria o personagem de Caito Mainer, do "Choque de Cultura"), estava embasada na Teoria das Impossibilidades Econômicas Gerais – TEIECOGE. Que bicho é esse? – perguntará você.

Segundo essa teoria, a propriedade deve ser eliminada a cada geração, "para que ninguém se locuplete com herança, motivo até de morte, na hora da divisão, e se deixe dominar pela tradicional preguiça tropical, vivendo de rendas" – nas palavras do general-sucessor, de olho no trono.

De acordo com o Ministro Todo-Poderoso, Plenipotenciário e Maioral da Economia, Escambo, Torra-Torra do Patrimônio Nacional, e Entrega Total das Riquezas Naturais – MTPPMEETTPNETRN (essa aí bateu no teto da meta, rá, rá, rá), o capitalismo precisa "estar sempre se reinventando, pois dinheiro não se reproduz, feito uma coelha parideira, nem dá em jabuticabeira, invenção nacional, como disse o general sucessor, de olho no trono."

Todo-Poderoso já havia aplicado, no lombo do povo, 198 Planos de Salvação Nacional para Economizar 1 Trilhão de Euros – PLASANECO1TRIEU. Esta é uma sigla que, se cair no ENEM, a turma dança. A única novidade, como se pode notar, é a meta de economia ter passado de reais a euros, que dá uma bolada ainda maior, como você não desconhece. Nessa bagunça, a moeda nacional pode passar a chamar-se "imperial", em homenagem ao inominável.

Com o ministro trabalha, há vários meses, o pastor Sílvio Malacraia, ou Malacheia, como escreveu uma internauta do 247, numa vaga aberta no Departamento Espiritual da Neorrepública – DEPENR (boa, Todo-Poderoso...), que se notabilizara por repetir por 2 milhões e 598 mil vezes, "a teta secou, obreirada, Jesus está no comando, e o outro, o Sapão, está preso, babaca!”.

A quem lhe perguntava, se o plano maluco previa a possibilidade de as pessoas, os proprietários, reaverem seus imóveis, após a derrubada do usurpador Grande Regime, Todo-Poderoso, ao lado de Malacraia, dizia apenas: “Jesus proverá, irmãos.”

Manuscrito Abala O Regime

O desgoverno montou mais uma *Task Force*, desta vez em busca de um certo "Manuscrito Vermelho", que supõe, tenha sido escrito no cárcere (esses locais sempre produzem boa literatura, mas ninguém quer ir pra lá, produzir um *best sellers,* ou mais vendidos, em português). Bem feito! Quem mandou prender escritor? O título dessa *pièce de résistance*, que aqui, nessa nossa obra, com viés político (olha o viés, aí..!), mudará de sentido, na marra (bem ao gosto dos atuais ocupantes do poder), passando a significar peça de resistência, é "1º de Abril – Porque Não Existe Golpe de Véspera".

O sentido original, da *pièce de résistance,* traduzido do francês, para o nosso bom português, como todos sabem, ou pelo menos deveriam procurar saber, é "pedaço de resistência", utilizado para se referir a um prato especial de comida (de que mais poderia ser? A não ser que você esteja pensando em um prato cheio daquilo, que fede, para "plantar" na cara desse regime, feito do mesmo material...), ou uma obra de arte que desafia a ortodoxia reinante, uma gota d'água, portanto. E viva os escribas, que, se não forem contidos, tornam-se oniscientes e onipresentes, semideuses.

O problema, para o fanfarrão Grande Regime, começa exatamente no início, no título: "1º de Abril — Porque Não Existe Golpe de Véspera". Na obra, o autor – ainda desconhecido, como muitos que há por aí e por aqui (não é nada pessoal, como diria certo ex-juiz) – de acordo com alguns Informes de Segurança Máxima e Sigilo Completo – ISMSC, vazados por uma boa alma militar (vê-se que o mundo ainda não está perdido), conta os bastidores do golpe militar de 1964. Na obra, o golpe, apelidado de "revolução" pelos próprios milicos, é transformado em uma grande piada, "emborasmente" (salve mestre Dias Gomes, ou seja lá quem tenha criado a expressão, no roteiro da novela "O Bem Amado") não nos seja possível esquecer do mau gosto e ilegalidade da derrubada de um presidente, legitimamente eleito, João Goulart. Golpe é golpe, como ocorreu, também em 2016, com a ex-presidente Dilma Rousseff. Nem este pretenso semideus, que vos escreve, pode mudar os fatos e sua denominação, assassinando a História.

Os militares da Força Regular Superior para Ataque e Defesa – FORESAD (imitação do MOSSAD, de Israel, uma força macabra?), estão percorrendo todo o país, "em missão" (na expressão ao gosto dos milicos), contando "A Verdadeira História do Movimento Revolucionário de 1964, Contra o Sindicalismo e o Comunismo – VEHMOR1964CSINCO" (´representada, com destaque, no Novo Sistema Siglático, Sem Viés Obreirista – NOSISISEVIO´" (esta sigla tá meio comunista... eu acho!), nas palavras do MCU ou imperador, já não se sabe mais. Cá entre nós, para distribuir beijinhos e abraços, é que uma merda dessa não seria criada, né não? Essa "força", referida linhas atrás, era a nova milícia criada pelos Herdeiros do Grande Sistema – HERGRANSIS, original, insubordinados que só eles.

Essa "verdadeira história" (assim mesmo, sem iniciais maiúsculas, que aqui o odiado Grande Sistema não pode meter o bedelho), tem uma narrativa que transforma o golpe de 1964 em um movimento revolucionário, "que salvou o Brasil das garras felpudas do monstro comunista, comedor de criancinhas", como dissera um general de tendência golpista (qual deles não a tem?).

– Pô, coronel, esses conceitos são tão ou mais antigos que cagar agachado – disse o sargento que revisava um dos textos da "verdadeira história".

– Trezentos e sessenta e nove dias de solitária – sentenciou o coronel.

Mas você pode apelar, bem amarrado e preso, ao Supremo Tribunal das Impossibilidades Recursais – SUTRIRE (eta siglazinha feia, sô!).

Eis a prova do crime (essa é antiga, não?), um texto dessa cruzada de inverdades históricas (democraticamente, a cruzada deles, não a nossa!): "Não fosse a virilidade e o pundonor (tem a ver com pum?) demonstrada por nossos ancestrais soldados, defensores intransigentes da Pátria Amada Brasil (eles têm fixação por maiúsculas), configurada no Movimento Revolucionário Contra o Comunismo e o Sindicalismo de João Goulart e outros facinorosos comunistas – e inimigos da Pátria, diga-se de passagem – não teríamos hoje uma família pra contar essa Verdadeira

História"(só coloquei maiúsculas em respeito à fidelidade ao original, regra seguida por todo bom jornalista e escritor). Sentiu, no final da frase, a quem se referia este humilde e modesto escriba quando escreveu "todo bom jornalista e escritor"? Modéstia sempre foi uma característica marcante deste que vos escreve, como se pode ver. Ver, não, porque isso aqui não é filme. Nem novela.

E continua: "Seríamos (eles, os direitistas adoram essas formas verbais que têm "nos" e "mos", vide os "novos" de Minas Gerais, que adoram dizer "podermos", "voltarmos", "governarmos" e que tais) uma Nação de prostitutas e mães solteiras, para atiçar a cobiça libidinosa de paisanos vermelhos."

E não para por aí: "E o melhor é que, naquele tempo, o Brasil Pátria Amada (de novo!) pode se desenvolver a taxas chinesas, vejam que não somos tão reaças assim, como a obreirada gosta de falar, citando, que estamos, um país vermelho nesse texto. Crescíamos (olha o "mos", novamente!) sem sermos (precisa falar?) perturbados pelo Ministério Público e pela Justiça, pois naquele tempo não existia a corrupção, praga moderna inventada pelo PO – Partido dos Obreiros, que só sabe roubar as riquezas nacionais, ajudar os pobres, e criar uma tal de Comissão da Verdade. Que verdade? Agora, graças à eleição do nosso guia e líder perpétuo, só vale a NOSSA, vou repetir, a NOSSA verdade."

Suposto Imperador ´Cria` Código Alfabético

Uma das primeiras medidas tomadas pelo suposto imperador, ao autocoroar-se (supostamente, claro!) Imperador de Todas as Terras, Mares, Rios, Florestas, Animais e Gentes Existentes no Reino Encantado e Maluco das Milícias Dominantes – IMTOTEMARIFLOANIGENEXIREENMAMIDO (essa bateu recorde!), foi criar um código, baseado no alfabeto latino, a exemplo de outros (por que outros e não outras?) imperadores romanos, para se comunicar e não ser descoberto em suas ações ilegais e criminosas. Infelizmente, Roma não teve uma imperadora. *Sorry* (como cunhou Ibrahim Sued) romanos, nós tivemos presidenta. "Os cães ladram e a caravana passa" — também disse Ibrahim. "Isso tudo, de ruim e tenebroso, vai passar", deixa escrito, este humilde, para a posteridade.

A iniciativa tinha sido sugerida por seu longevo guru, Osujo de Orvalho, encarregado de organizar os pensamentos de seu amo, a cada dia piores, malévolos e mais malucos. Para se ter uma ideia, a última do suposto imperador é a criação de uma Comissão de Notáveis Sem Viés Meteorológico Comunista – CONOSEVIMECO, para estudar uma forma de impedir que chova no Nordeste do país, uma punição aos habitantes daquela região, simpatizantes juramentados de certo ex-preso político. "Se for o caso, tá okey, vocês podem encomendar grandes ventiladores nas indústrias da GRAN, para empurrarem as nuvens mais teimosas para bem longe daquela gentalha capetalha!", disse. Precisa dizer quem falou mais essa bobagem?

Leitora/leitor, essa é uma vantagem, privilégio, na verdade, de ser escriba. Pode-se, entre parênteses, ou não, interferir na fala do personagem, sem que ele tenha direito de defesa, cuja extinção (do direito à ampla defesa, claro) é o sonho de consumo de certo ex-ministro da Sanha Punitivista. Imagine que mundo maravilhoso, teríamos, se isso fosse implantado: a polícia judiciária investiga, o Ministério Público denuncia, e o juiz, como um deusinho, que tudo pode, condena! Tudo isso como uma ação entre amigos, sem um advogado por perto. Faltariam vagas nas penitenciárias, para tanto preso inocente. Evidente que a profissão de advogado seria extinta, outro grande sonho de todo ditador. Já parou para pensar que, talvez, não tenha havido nenhuma ditadora? Curioso, não?

Por que será que há advogados muito mais competentes que certos juízes e promotores, hein? Quem souber a resposta e não for diabético, ganha um doce.

"É o seguinte" – disse o guru. E continuou: "Os dois imperadores romanos que criaram código parecido foram Júlio César e Augusto, e fizeram grande sucesso à época (esse cara está virando intelectual...). Vossa Superior Majestade Imperial vai "bombar" nas redes, com essa inovação. Podemos até criar um concurso para ver quem decifra o código, oferecendo um Emprego Sem Garantia Nenhuma – EMSEGANE, ao vencedor. Mas, é claro, vamos fraudar esse concurso, para beneficiar apenas aqueles que forem terraplanistas, como nós", disse Osujo.

"Mas peraí, tá okey, porra, e se muita gente ganhar, onde é que vamos arranjar tanto emprego? Só se a gente arrumar uma guerrinha com algum país amigo do Sul, por que do Norte não dá para enfrentar não, pra empregar bucha de canhão, com um salariozinho abaixo do mínimo, como a gente gosta de pagar. Também vou precisar de alguém (o Zero Dois, não, já arrumou confusão demais!) para fazer isso pra mim. Ou cê (*sic*) acha que eu sou obrigado a fazer isso, também? Não demora e ocê (*sic*) vai querer mandar em mim... Aqui não, gavião, segura o Esteião, que eu sou é espada."

O código vinha sendo testado entre alguns Novos Conselheiros do Bem – NOCOBE (do Mal, na verdade), para se avaliar sua funcionalidade. O nível intelectual dos ministros, agora chamados de conselheiros imperiais, estava caindo a cada nova safra nomeada. Um deles estava vendo Jesus em todos os lugares possíveis e impossíveis, provocando certa nostalgia do período de desgoverno, menos fanático (o quê? Houve isso?), que ficara conhecido como "O Tempo da Goiabeira". Um romance histórico sobre o tema foi escrito por generais (sem querer generalizar, em um trocadilho infame), e transformado em série pela *Netfaith* (Netfé, em português), concorrente de outra empresa, produtora de filmes, "*Flix*" (em inglês).

Para contratar os serviços da Netfé, há exigências, que nem todos querem cumprir, como não poder assistir às séries em "trajes não condizentes com a pureza evangélica". E mais, diz o contrato: "fazer sexo assistindo aos filmes, nem pensar". Outra conselheira está escrevendo uma Nova Bíblia da Integração Universal Evangélica – NOBIINUNIEVAN, onde somente evangelhos pentecostais e neopentecostais são escritos, excluindo-se os que podem beneficiar a Igreja Católica.

"R dzxrjrosh vhp dm, frp pzmxd sruudgd" – foi a primeira mensagem enviada a seus seguidores pelo suposto imperador, escrita por seu novo auxiliar.

Como era de se esperar, ninguém tem conseguido quebrar o código (como se diz, mais modernamente) da mensagem, e o império se vê desobrigado de criar mais um emprego, coisa raríssima nesses tempos de vacas magérrimas. O nonagenário Conselheiro da Emissão de Papel Moeda – COEMIPAMO (o império desistiu de ter um conselheiro da Fazenda e Economia, depois que a administração do império foi entregue à GRAN), passara a andar com um assessor para cutucá-lo, na região dos rins. Essa é uma exigência do conselheiro, que deve ser cutucado, toda vez que adormecer, durante as palestras, que visam a levantar o moral dos antigos industriais e comerciantes, falidos, novamente, agora pelo pretenso império.

"R dxr mqvxmxzfmrqdo mpshumdo qzphur zp hvxd qr iruqr", foi a segunda mensagem disparada pelo suposto imperador, que mereceu elogios do Porta-Voz Centenário de

Sua Excelência – PORVOCENSUEX (Alex Zorro, também conhecido como Regino Gracía) continua o mesmo, direitista que só ele!), que destacou "a criatividade e agudeza intelectual de nosso Grande Guia (deve ser só dele!), capaz de fazer o império avançar 100 anos em 10."

Na mesma linha, a TV do Dízimo, da Oração e dos Milagres – TVDIOMILA, produziu um especial, chamado "Bombástico", que rima com o nome de outro antigo programa da TV Não Renovada – TVNARENO, onde vários entrevistados falam da liderança intelectual do suposto imperador. O suposto aprendeu mais algumas palavras em inglês, além de *i love you*, e *ok*, para agradar, ainda mais, ao novo dirigente da GRAN. "Além de criar esse código alfabético, nosso imperador está se revelando cada vez mais ungido, verdadeiro profeta do povo de Deus", disse a jovem repórter, exibindo um vestido que quase tocava o chão. "Vestido evangélico", diz a propaganda.

É preciso dizer, de imediato, que esse código é uma cópia descarada daquele criado pelo imperador Júlio César, que consiste em trocar o "a" por "d", o "b" por "e", o "e" por "h" e, assim, sucessivamente. Se você, leitora/leitor, quiser decifrá-lo, fique à vontade. A diferença para o do imperador Augusto, é que, no código deste, troca-se o "b" pelo "a", o "c" pelo "b", e assim por diante. Em lugar de "a" se escreve "z".

Fiquem à vontade para quebrar o código, depois dessas "pequenas" dicas. Se não conseguirem, a "tradução" lhes será apresentada mais à frente, n'algum trecho destas mal traçadas linhas. Gostou do n'algum?

Cavaleiro Ungido Tem Um Código Penal Só Dele

Ameaçada pelas Jornadas de Revoltas Populares que Querem a Derrubada do Neofascista Grande Regime, com viés, supostamente imperial, a Câmara dos Deputados Oficial – CADEOF (uma pálida lembrança da antiga. Se aquela já era ruim, imagine essa, oficial...) decidiu aprovar o Código Penal de Uso Exclusivo do Mitológico Cavaleiro Ungido e Auto-Proclamado Imperador da Terra *Brasilis* e Adjacências – COPENUEXCLUMICAUNAUPROIMPETEBRAAD (tá okey, porra?, a sigla quase pulou de linha!). "Assim não dá", diria outro cavaleiro ungido, mais intelectual, e dono de fazendas e um patrimônio invejável, com blindagem perpétua, inclusive da Operação Lava Merda (mudou de nome?), para não "melindrá-lo". Este, orgulha-se de ser amigo do Billis Flinkton, ex-presidente da GRAN. Seu patrimônio, nem de longe se equipara ao de certo ex-prisioneiro político.

Para aquelas e aqueles, leitoras e leitores, que possam estar sensíveis, melindrados, pudicos, mesmo, com o emprego, reiterado, nessas mal traçadas, da expressão "porra" tão ao gosto do MCU, agora supostamente imperial, esclarecemos: essa palavra nasceu de porro, especificamente de alho-porro, que nada mais é que o conhecido alho-poró, utilizado pelos antigos egípcios, gregos e romanos, que depois levaram o vegetal para diversas regiões da Europa. Pertence à mesma família das cebolas e alhos. É, ainda, conhecido como alho-francês, alho-macho, alho-porró, alho porrô, porro-bravo e porro-hortense. Além disso, porra, no dicionário, é uma clava com ponta redonda e reforço de ferro; pedaço de pau, porreta, cacete. Então, etimologicamente, essa "porra" provém de "porro", o vegetal que já citamos, muito valorizado em certos programas de culinária da "TV Planeta", especialmente o da Ana Moria Abafa.

Pois é, agora vocês têm em que mais pensar quando lerem ou ouvirem essa palavra, tornando suas mentes um pouco menos poluídas. O certo, mesmo, é que o Mitológico poderia parar de falar tanta porra, isso podia! Tá okey?

À cerimônia de coroação imperial tinha comparecido toda a corte, inclusive as autoridades judiciárias, eclesiásticas, militares, legislativas, da Mídia Verde e Amarela e dos Oito Poderes, sobreviventes do Grande Expurgo – GRANEX, comandado por Aldo Agouro, em um de seus retornos ao desgoverno (este escriba se esqueceu de informar que haviam sido criados mais quatro poderes, todos comandados pelo MCU, além do executivo e imperial (tá com saudades de tempos mais ou menos recentes? Agora, aguenta, toma!).

Vamos à matemática, essa ciência da natureza: a Neorrepública tinha passado a contar, então, com os poderes Legislativo, Judiciário, Executivo, da Rede Planeta e Imprensa Agregada (inclusive a TV do Dízimo), Imperial, Discricionário Único, Controle da Extinção da Fauna e da Flora, e Mudanças de Moeda. Nas mãos de ferro do MCU (este que vos fala ainda tem dificuldades em chamá-lo de imperador), estavam o Executivo, e os quatro últimos da lista. Mas ele, irrequieto, estaria – segundo a oposição – tentando comprar mais três, pois queria agregar mais valor ao seu portfólio de poderoso. E pá, pá, pá! fazendo arminha, como já disseram e encenaram Tom Cavalcanti e Leonardo Stoppa, este, mineiro de Jequeri ou Ponte Nova, em Minas (ele ainda não decidiu, em suas aparições na TV 247 e, em seu canal, o "Esquerdão News"). Quase conterrâneo, cabra muito inteligente.

Depois de se investir de tanto poder (a cerimônia de coroação tinha sido "linda, esfuziante", como escreveram e disseram os colunistas sociais, vários deles eunucos intelectuais), o Imperador Mitológico Cavaleiro Ungido – IMICAUN, nomeou seu cavalo branco (coincidência, não?) senador-deputado (com salário duplo – como certos militares – e vários penduricalhos), nova denominação para alguns, somente alguns, escolhidos. "A mamata acabou, babacas!" — ouviu-se, de uma voz saída de uma catacumba, em um cemitério da cidade do Rio de Janeiro.

O senador-deputado recebeu o nome de Excitado, numa clara imitação do som do nome de *Excitatus,* senador nomeado por outro imperador, Calígula, de Roma, cuja tradução não é o que você pensou, mas "acordado". Conta-se, a boca pequena, que a escolha desse nome custara 48 milhões de dólares, pagos à Consultoria Equina Sem Viés Comunista – CONEQSEVICO. Não precisa agradecer o toque de cultura, amizade... (*remember* (lembra) anos 70?). Antes de que me esqueça, cada cruzamento desse esplêndido animal é vendido por 10 milhões de dólares, dinheiro todo investido (assim diz a propaganda oficial) em obras sociais no Rio de Janeiro. Na verdade no financiamento das Milícias Unidas para o Bem do Brasil – MIUBEBRA (siglazinha até apetecível...!). Por falar em milícias, os desabamentos de prédios construídos por elas, no Rio de Janeiro, continuam a crescer, com uma média de 100 prédios mensais, atualmente. Esses imóveis são comercializados no Mercado Alternativo Branqueado – Mercabran, substituto do antigo mercado negro, extinto após a venda da última empresa pública, pelo ministro Mercador de Chicago.

Vale lembrar que os salários e penduricalhos destinados a Excitado são recolhidos, mensalmente, pelo conselheiro Cheirós, que também administra outros "Salários e Proventos de Diversa Natureza – SAPRONA, eufemismo de locupletação com o Tesouro Imperial – TEIM, da Família Imperial Ungida – FAIMUN, cujo cargo, de Conselheiro Ancestral Amigo – CONANAM, foi criado, especialmente para ele, Cheiróz, que corre um único risco, o de ser nomeado ministro do Novo Tribunal Imperial Supremo – NOTRIIMSU.

Em cerimônias que lembram, vagamente, as das fogueiras da inquisição, realizadas nas praças, próximo a igrejas, e iniciada, na Europa, no século XIII, o IMCU inaugurou o Tribunal Purificador de Sua Majestade – TRIPUSUMA (é..., até que dá para ler), realizado em frente ao Palácio Imperial. No gramado do palácio, o IMCU mandou o "Meu Exército Imperial" construir uma baia de ouro, metal presenteado pelos Garimpeiros do Bem – GARIBE, grupo miliciano que participa ativamente da devastação da Amazônia, incentivada pelo governo. A "Baia Celestial", foi especialmente projetada, com o auxílio de técnicos da Nasa, para alojar, de modo confortável (sabe a história do travesseiro da Nasa?), o novo senador-deputado, e seu insano dono. "Só falta esse animal cagar ouro" – critica a oposição. Note-se que as coisas vão melhorando, à medida que o povo começa a se mobilizar pela derrubada do suposto Grande Sistema, agora quase suposto Grande Império. Tchan...tchan...tchan...! De merda!

Refestelado em seu *Golden Throne* (Trono de Ouro, em português, e *Aureum Throni*, em latim), o IMCU vai distribuindo indulgências, "pela cara do freguês, e pela quantidade de armas que possua", e condenando os infiéis, "pela cara do condenado", encaminhando-os à Grande Fogueira ("Grande Sistema, Grande Império, Grande Fogueira, tá okey, porra?").

O que ninguém via, naquele cenário, eram as várias cestas artesanais de taquaruçu (espécie de taquara), produzidas pelos últimos índios (você já sabe que foram exterminados, não é?). Nessas cestas eram depositados os Dízimos Obrigatórios Que Dão Direito a Uma Viagem Espacial e Celestial em Direção ao Paraíso – DIOBRIDADIUMAVIESCE. Se você observar, há nessa horrível sigla a palavra "viés", no caso, sem acento, tão ao gosto do IMCU e seus poucos seguidores. Pode-se notar, ainda, se é que você está lendo com atenção, que os substantivos “Direção” e “Paraíso” não foram utilizados na sigla. Com a tática de confundir (aquela a que nos referimos, lá atrás), alguém propôs que a sigla dessa coisa seja apenas “DIZ”, sem acento.

O segredo é que o Imperador Mitológico Cavaleiro Ungido – IMICAUN (não era IMCU? Olha a confusão...!), tinha sido nomeado Papa Novo – PANO, pelo dono de uma seita evangélica, que planejava dominar todo o universo, como dizia sua própria denominação. O dinheiro recolhido – dizia-se, à boca pequena – era rachado (a famosa rachadinha, ou a arte imita a vida) entre os dois. Só que havia uma boca grande “a dizer” (como se escreve e diz, em Portugal) que o imperador ficava com a maior parte, na qualidade de papa. O nome papal (isso está certo?) do IMCU passara a ser Brilhantino Ustrino Coronelino Primeiro e Único – BRIUSCOPRIÚ.

Uma das exigências do desprestigiado imperador (vamos resumir o título, gente boa...) foi a de que a madeira da grande fogueira fosse de lei, tipo peroba, paraju, angelim, ipê, mogno, imbuia, araribá, angico etc., oriunda da “Abertura Incondicional das Fronteiras Agrícolas da Amazônia Legal e Ilegal – AIFAALI”, dissera o imperador a seu mordomo, aquele cara parrudo, que está sempre em sua retaguarda. “Na retaguarda, não, porra, que aqui é espada, tá okey?” – esbravejou o imperador.

O Trono Equino (*Equine Throne*, em inglês; *Equinae Throni*, em latim) construído junto ao Trono Imperial (mais um “presente” da GRAN) ficava à direita do palanque (pelo menos o palanque não tinha nome). "À direita, por que nesse império foi abolida a esquerda, por Decreto Imperial Lastreado em Ouro – DILO (parece ênclise!), que tantos sofrimentos causou ao meu povo, com seu viés ideológico, tenho dito e feito! rá, rá, rá, porra, tá okey? – trombeteou o imperador autoproclamado. "Autoproclamado é a mãe, tá okey, porra?" – diria o suposto imperador, se pudesse ler e censurar esse texto.

"Que entre o Mestre de Cerimônias (com iniciais maiúsculas, porra, tá okey?), devidamente fardado e paramentado com todas as condecorações conseguidas ao longo da carreira, pelos atos de bravura na hora de enfrentar o bafo no cangote, rá, rá, rá..." – disse o imperador/papa, tentando descontrair a tensão do momento.

É preciso dizer, antes que o mestre de cerimônias (agora, com minúsculas mesmo, pois quem manda nessa merda é o papai aqui) dê início aos trabalhos, que o imperador havia mandado construir um monumental circo em frente ao palácio, para que o sol das manhãs de baixa umidade do ar de Brasília não cansasse sua beleza. A cobertura (antiga lona), do verdadeiro circo montado, fora trazida e instalada por uma grande empreiteira da GRAN, surgida dos Escombros da Destruição das Grandes Empreiteiras Nacionais Abatidas pela República Separatista de Curitiba. Nesse caso, sem sigla, por que o grande sistema (daqui pra frente vá se acostumando com minúsculas, pois esse sistema está a cada dia perdendo mais musculatura) não seria tão idiota de assumir um erro político desse tamanho, assumindo o viés ("olha o viés, aí, gente!" – gritaria o Neguinho da Beija-Flor, no

Sambódromo) político da turma de Curitiba, totalmente aliada ao IMCU.

"Queria falar uma coisa: "não demora e vou nomear o ex-ministro DesMOROnou, príncipe, ou Barão da Manipulação Política Penal – BAMAPOPE (ele é pop, gente!), pra ele não ficar desempregado, tá okey, porra?"

"Senhoras e senhores, adultos e crianças (cadê o MP, que deixa crianças assistirem a essas coisas?) em nome do NeoImpério das Certezas Inabaláveis e das Armas Liberadas – NICIAL (mudou de nome, de novo!), Sua Majestade exige silêncio e respeito, para soltar um pum, sem viés ideológico."

O puuuuuummmmmmmm...! ressoou por toda a redondeza, abalando, inclusive, os alicerces dos outros poderes.

"Que pum poderoso, caralho, porra, tá okey?, capaz de abalar o mundo" – gritou, ao microfone, o suposto imperador. "E aproveitem e comemorem, que hoje todo mundo está liberado, pela minha Anistia Ampla Geral e Irrestrita – AAGI ("que saudades do alemão, general da abertura, naqueles tempos que não aconteceram, porra, tá okey?" – disse o IMCU.), de acordo com o Grande Livro das Verdades Históricas, Sem Viés Ideológico e Cultura Marxista – GLVHVICM, que resgatou nossa verdadeira história, sem Golpe Militar, para todo o sempre. "Guardem bem, pois isso vai cair no EBEM (até rimou): em 1964, houve uma Revolução Democrática Verde-Oliva de Homens de Bem Sem Viés Ideológico Marxista-Leninista – REDEVEOHOBESEVIMARLE."

"Para encerrar, podem ir embora, e voltem aqui somente quando cometerem mais de sete crimes, conta de mentiroso, que a indústria das armas agradece, porra, tá okey?" – disparou (ai..., quase acertou este humilde!). "Além do mais, hoje não tem julgamento, pois esqueci meu Código Penal em casa, rá, rá, rá!" – finalizou.

Equipe De Mágicos Para Alavancar A Economia

Devido ao aumento do desemprego, e a patinação da economia, que entrou numa fase de pós-hiperdepressão, termo recente, criado por economistas de Chicago, para definir o último estágio de queda do PIB, o 50º ministro da Economia decidiu contratar, sem concurso, dezenas de mágicos para dar um jeito no crescimento do país. "Agora a coisa vai, porra, tá okey? Não tem mais o Merdes, Obedes, sei lá o nome daquela porra, para me enganar" – disse o imperador, na festa de aniversário do Topetudo, na Casa Marron, residência oficial do, agora, ex-presidente da GRAN.

De acordo com o Porta-Voz Número Um do Império – PVNU, a previsão dos mágicos, depois de diversas sessões de exorcismo (mas isso não é coisa de padre?), da inflação, carestia, desabastecimento, desemprego, mendicância, assaltos em série, nas estradas de terra e asfaltadas, os mágicos chegaram à conclusão de que o crescimento econômico seria da ordem de 7,5% ao ano. "Estamos salvos" – disse um general nonagenário. Como se pode notar, "comeram" o "Um" e o "Império". Um Coronel Revisor – COREV, adepto da confusão siglística, luta para que a sigla do porta-voz seja apenas PORTA, assim mesmo, em caixa-alta.

Um imenso caldeirão foi montado na Granja do Endireitado (ex-Torto), com capacidade para um milhão de litros, de uma mistura feita com diversas plantas salvas da grande devastação da Amazônia legal e, da outra, cada vez mais ilegal. O maior problema enfrentado durante a construção do Grande Caldeirão, por outra empreiteira da GRAN, e o subsequente teste de sua utilidade, foi encontrar um único índio para certificar o poder das ervas. Infelizmente, não sobrara nenhum, depois da implantação do aterrorizante grande sistema. "Eu mesmo atesto essa porra, pois sou meio médico" – rosnou o suposto.

Centenas de jornalistas da Mídia Aderida de Corpo e Alma ao Grande Sistema (sem sigla) permanecem de plantão, por semanas e mais semanas, à porta do Grande Laboratório de Soluções Econômicas Sem Viés de Esquerda Com Uma Pitada Mágica – GRANLASOECOVIESPIMA, mandado construir no gramado da Esplanada dos Ministérios, depois que os prédios projetados por Oscar Niemeyer tinham sido demolidos, "para que essa arquitetura comunista e canhota, o que lembra esquerda, seja jogada 'nas prefundas do inferno', que é o lugar de onde nunca deveria ter saído, para que nunca, em tempo algum, esse viés esquerdizante venha trazer infelicidade aos homens direitos, de bem, tenho dito" – trovejou o IMCU.

O que só se saberia depois da queda do infelicitante suposto grande sistema, é que o IMCU não era capaz, como nunca foi, de fazer uma declaração tão extensa e complexa. Simples: um ventríloquo falava por ele, que apenas gesticulava, em um curralzinho.

O laboratório foi equipado com modernas instalações "gentilmente cedidas pela GRAN, que em troca ´levou` mais dez empresas nacionais", como dizia o texto anônimo que circulava na caserna, numa tentativa de provocar um levante da baixa oficialidade, sargentos, cabos e soldados contra o Grande Sistema, com maiúsculas, na opinião deles.

"Esse laboratório é a prova inconteste de que o progresso das nações, dos povos e povas (*sic*) passa, necessariamente, pelo entendimento e cooperação entre as nações amigas, visando o lado dos cidadãos de bem e direitos" – dissera, na inauguração, outro general, centenário. "Eles merecem levar, também, a porra do Banco do Fuzil, que será adquirido pelo *Bank of GRAN*, que não está bem das pernas, e precisa de nosso apoio" – disse o 55° ministro da Economia.

Certamente que não havia alguém para revisar este texto, trocando a segunda palavra "nação" por, por exemplo, "povos" ("por, por", que isso?). O revisor, com certeza, desapareceria com essa "pova", que ninguém sabe de onde a tirou o general.

Isso é o que dá quando um general se mete a, ele mesmo, escrever e revisar, em sua solidão impenetrável (epa..!), como é comum acontecer, com certos escribas, que se instalam em suas torres inexpugnáveis, tipo os jornalistas do *The*

Intercept Brasil, que tudo sabe e vaza, para alegria e felicidade geral da nação. Se você achou que este humilde se equivocou (errar jamais!), na concordância verbal, errou. O "vaza" concorda com o *The Intercept Brasil.*

A equipe de mágicos-econômicos, ao longo do tempo, elaborou inúmeras teorias sobre um improvável hipercrescimento econômico que salvaria o Grande Sistema, com o imperador, com tudo, como diria o impoluto ministro Homérico Jacu, da derrocada final. Uma delas previa que uma suposta conjunção dos astros traria prosperidade ao país, onde haveria um Reino de Leite e Mel Brotando das Pedras – RELEMEBROPE, para todas as pessoas de bem. Quem souber explicar o que é uma "pessoa de bem", própria do linguajar policial, ganha um doce de abóbora.

Agouro Lança A Presunção De Culpa

Em sua nova (nova?) passagem pelo desgoverno, suposto império, o agora pretenso Conselheiro Imperial Com Viés Autoritário ao Extremo – CONIMCOMVIAEX , lançou um livreto, escrito por um *ghost-writer* (escritor-fantasma), onde diz que "com base no Direito Divino e nas experiências de centenas de impérios que já existiram, e, de outros, que ainda subsistem, desde que o mundo é mundo, decido que só a presunção de culpa é capaz de fazer com que a punibilidade seja, efetivamente, um instrumento de Justiça Divina e dos Homens – JUDIHO."

Noutro trecho do livro, afirma: "Embora haja pouca literatura sobre o assunto, é sabido que alguns autores, no passado, trataram do tema, com certo brilhantismo, em escritos em que defendiam essa doutrina política, comum durante a Idade Moderna, consubstanciada na forte ligação entre religião e política." Pergunta-se: quem defendia essa doutrina, quando, onde? Está com cara de informação falsa, bem ao gosto desse personagem.

É preciso dizer que, tão logo tomou conhecimento do término da revisão do livreto, que durara exatos 12 meses, com uma infinidade de vai e vem, do escritor-fantasma a Agouro; depois, também, ao suposto imperador, pois este tinha exigido que seu nome constasse, como coautor, na obra, o conselheiro quase foi demitido. Novamente?

O punitivista-absolutista (título bonito, não?), Agouro, até pensou em enfrentar o suposto imperador, mas pensou na promessa, feita na campanha eleitoral, quando facilitou a vitória do suposto IMCU, de que seria indicado para algum novo supremo, abundantes nesses tempos neofascistas.

De acordo com Agouro, que se apresenta em público, sempre sorridente, depois dessa sua façanha intelectual, de publicar um livro, apesar de não ter sido escrito por ele – por absoluta incapacidade intelectual – "o período histórico chamado de História Antiga viu nascer o cristianismo. Naquela época, o Império Romano era guiado pelo paganismo, coisa tão nefasta como é, hoje, o comunismo, da petralhada/obrerada, doutrina que prega a sexualização (que isso?) das relações sociais e políticas, com o objetivo pouco disfarçado de colocar um fim à Civilização Ocidental Cristã – CIVIOCRI, base de todo progresso, rumo à salvação universal."

"Em frente, líder", escreveu no *Telegram*, o proscrito Granarol, antes de ser exilado numa ilha deserta, onde se dedica à caça de borboletas, como fazia Dirceu Borboleta, em "O Bem Amado", obra do mestre e imortal Dias Gomes. Esse trecho do livro, citado linhas atrás (cheio de preconceitos), poderia ter sido produzido, tranquilamente, por Granarol, se ele soubesse escrever, além de inventar narrativas. A orientação política e os preconceitos são os mesmos de Agouro, como se pode notar.

Após ser fortemente questionado por seus seguidores mais extremados, armados com rifles automáticos, comprados com dinheiro do Bolsa-Bala – BOBA, o suposto imperador mandou abrir um Procedimento de Apuração Linear de Conduta Intriguista Cortesã – PROALICONINCOR (que porra é essa?), contra, ou nem tanto, o conselheiro punitivista, cujas revelações, de um certo Vazamento do Fim do Mundo – VAZAFIMUN, o colocavam como um verdadeiro Rasputin do suposto imperador.

"Quem tá comendo quem?", perguntou um proscrito "por fragilidade ideológica, frente à pressão da esquerda comunista."

Mas o melhor da argumentação oficial ("leia-se, do escritor-fantasma", como escreviam certos jurássicos colunistas sociais) para implantação da Teoria da Presunção de Culpa – TEPRECUL, parecia ser da lavra do próprio Agouro, que sempre defendera a "desnecessidade" de defesa, no processo penal, "cujo objetivo nu e cru é prender e desentortar as mentes criminosas." Disse mais: "só existe o dia, porque houve a noite." O conselheiro Acácio, personagem de Eça de Queirós (nada a ver com Cheiróz), em "O Primo Basílio", perde para Agouro, que tem a mesma mania do conselheiro de Eça (olha a intimidade): gosta de ternos pretos.

Para ele, a chamada "defesa", de quem já está condenado, de antemão, "é inadmissível, no Estado de Decisões Monocráticas – ESDEMO, onde o crime não deve compensar, nunca, jamais." Para quê dois advérbios de tempo, juntos? Não gosto de implicar com personagens. Implico, mas não gosto. Este escriba narra isso, parafraseando o capanga Cangaceiro, sujeito meio frouxo, interpretado pelo ator Henrique Días, do bando de Severino de Aracaju, em "O Auto da Compadecida", de Ariano Suassuna, que sempre diz, "mato padre e bispo, mas não gosto. Mato, mas não gosto."

Agouro ainda teve tempo de se defender das acusações de que seria o Rasputin do suposto imperador, não sem certo desconforto intelectual, devido ao fato de desconhecer a história da Rússia pré-revolucionária. Para saber do que se tratava, teve de pagar mais uma grana ao escritor-fantasma, para que este produzisse um pequeno texto sobre o assunto. Ei-lo: "É preciso que você beba alguma coisa, com sofreguidão (substantivo antigo, não? Que lembra certo bolero, e quer dizer pressa, ansiedade etc.) vinho ou uísque, para se parecer com o grandalhão Rasputin. Sem isso, a chance de ser o conselheiro de Nicolau II, é zero. Ser não comer ninguém, então, ninguém vai te notar."

Ainda de acordo com o livreto, a certeza de que será punido faz com que o criminoso tenha a garantia de que receberá elásticos anos de prisão, ou coisa pior, anos de encarceramento nos Presídios Sinistros – PRESI, o que inibe sua "volúpia criminosa."

O livro defende, ainda, a ideia de que "a presunção de culpa funciona como um inibidor de práticas criminosas, não raro associadas a desvios comuno-vermelho-petralha-obreiro, de quem tem a coragem, até, de comer criancinhas." Essa é antiga, pra caramba!

Mas o melhor, e mais hilário, de toda a argumentação do suposto conselheiro Agouro, era a teoria, baseada na argumentação de autores como Jean Jacques Bossuet (1627-1704) e Jean Bodin (1530-1596), de que a presença de um rei soberano manifesta a vontade de Deus. "Assim, o poder real, como é o caso de nosso imperador atual, do qual herdo algum poder derivado, é a representação do poder divino na terra, o que nos autoriza a condenar a quem quer que nos pareça merecedor de tal punição exemplar."

"Não vem com essa história de Rasputin, que Osujo de Orvalho me contou essa história; e pode ir tirando a coroa da chuva, que imperador aqui, só euzinho ungido, tá okey, porra? Se quer ser candidato, até mesmo a síndico de prédio, pede suas contas e vai (*sic*) embora, sem direito a nada, que a mamata da petralhada/obrerada acabou, otário."

Delação Para Prender, De Novo, O Ex-Prisioneiro

Como só se descobrirá daqui a muitos anos, após as Jornadas Arqueológicas (sem sigla), em busca da Verdade Histórica dos Anos Neofascistas de Terror de Estado (também sem sigla), a confusão promovida pelo sistema, sobre o verdadeiro cargo do mandatário, ora MCU, ora imperador, faz parte do Plano Macabro de Perpetuação no Poder. O nome desse plano, como se pode observar, é uma criação da esquerda e, por isso, como você sabe, não tem sigla.

Essa "Política da Confusão" faz parte – como descobrirão os arqueólogos e arqueólogas (pois a profissão não é exclusiva dos homens), em manuscritos escondidos nos porões do Palácio Imperial – de umas "Orientações Gerais Para Perpetuação no Poder – ORIGEPAPEPO (que trem feio!) que custou 1 bilhão de DÓLARES Verde e Amarelo

– DOVEA, a 50ª moeda criada pelo imperador/MCU. Como você percebe, este bem pouco humilde escriba continua fiel na transcrição de siglas, nomes etc., mesmo que não concorde com essa avalanche de iniciais maiúsculas e caixas-altas, muito ao gosto dessa turma que usurpou o poder.

Nessa estratégia de confusão, certa manhã, o suposto imperador/MCU apareceu em mais um julgamento público, em frente ao Palácio Imperial – PAIM, com seu cavalo *Excitatus,* só que o animal apresentava pelagem escura, da cor do azeviche. Esse pequeno segredo só será decifrado, também, pelos arqueólogos e arqueólogas, que descobrirão um bilhete (repleto de erros gramaticais de acentuação, grafia etc., vírgula, então, nem pensar), em que essa troca de animal é explicada.

De acordo com Alex Zorro, agora acompanhado pelo capitão García, e que se tornou dono de um Canal Multimídia de Cobertura Total – CAMUCOTO, onde emprega centenas de Jornalistas com Viés Anti-Esquerdista Radical – JOVIANESRA, todos brancos, de olhos azuis, pagos, regiamente, com Recursos Investidos Para o Bem do País – REINPABEPA, o círculo virtuoso do crescimento econômico está próximo. Esses recursos eram conhecidos, nos tempos democráticos, como recursos públicos. O CAMUCOTO permite aos ativistas, da direita e ultradireita, dizer "a mamata acabou, babacas!", para artistas, cujo trabalho era financiado com recursos particulares, captados através da Lei de Incentivo à Cultura. Esse grupo está se dedicando, também, a lançar granadas contra pessoas que caminham pelas ruas e avenidas, praças etc., pois segundo eles, não dá mais para conversar com esquerdistas, comunistas e romancistas metidos a besta. Uai, não sabia que "romancismo" é ideologia política. Deve ser porque rima com comunismo.

Claro que os recursos, destinados pelas empresas a esses projetos culturais, davam direito a abatimento em impostos, mas não era "dinheiro público", que saía dos tesouros nacional, estaduais e municipais, direto para os artistas. Muitas vezes, mesmo com a autorização para captação em mãos, cineastas, atores, atrizes, humoristas etc., não conseguiam tais financiamentos. Mas, como os usurpadores adoram simplificação e mentira (pensar cansa...), dizem que tais e quais filmes, peças, shows musicais etc., foram beneficiados com dinheiro público.

Devidamente instalado no Trono Imperial O Estado Sou Eu – TROIMOESSE (creio que o nome desse suposto trono mudou, também, já que nesse arremedo de governo tudo muda), o pretenso imperador e MCU bate o martelo.

"Silêncio no tribunal, ao som do malhete, ou martelo do juiz, como se diz e se bate nos steites, mais uma invenção de nossos queridos irmãos do Norte, que a sessão já começou. E que tudo isso seja escrito em letras de forma, sob pena da Pena Máxima (é pena pra todo lado...). Ordeno à Guarda Miliciana Super Real – GUMISURE, que retire, à força bruta, todos os advogados e estudantes de direito, aqui presentes. Essa raça tem de ser extinta, estão ouvindo, digníssimos soldados da Guarda Miliciana, estão ouvindo, repito, tem de ser extinta, mas eu não sei de nada, tá okey, porra?"

"E não se esqueçam de escorraçar os jornalistas, essa raça em extinção, que vou entregar ao IBAMA, para soltar no meio de alguma mata que tiver restado, de nosso grande desenvolvimento devastador, com a abertura incondicional de fronteiras agrícolas", completou.

Burburinho na plebe da plateia.

(Este escriba, já nem tão humilde assim, não pode deixar de fazer uma correção: o martelo do juiz foi inventado, primeiro, na Inglaterra, diferentemente do que disse esse energúmeno).

"E vamos aos trabalhos, que está querendo chover (não há uma nuvem no céu). Esse elemento, aqui presente – continua – é acusado, e já, já, será condenado, de ser o Grande Caixa Três – GRANCATRE, ou apenas CAI (olha a bagunça siglística [tropeçou na leitura], instalada. Além disso, parece coisa da CIA) do criminoso de alcunha Yula, que os comunistas chamam de ex-preso político, o que é uma grande mentira, pois é um preso criminoso, mesmo, um verdadeiro fora-da-lei (que deve ser escrito e falado com hífen, pois minha imperial caneta acaba de anular o Acordo Ortográfico de Língua Portuguesa, coisa de comunista, caneta azul, azul caneta...).

Pois, então, esse elemento que será julgado pelo nosso bom e infalível *Excitatus* (ele pronunciou algo como *ercitatu),* foi dono da maior empreiteira do NOSSO Reino, e vai entregar, hoje, o criminoso Yula e toda sua geração, bando de safados e ladrões, o ladrão vai ser preso, de novo, babaca!, que enterraram trilhões de dólares comunistas, vermelhos, inclusive da Venezuela e China, na matinha rala do que restou da Amazônia. Merdes foi cirúrgico, em sua avaliação: disse que foram enterrados de um a 900 trilhões de dólares." (Nada mais preciso... parece com suas avaliações de crescimento econômico).

Disse mais: "Essas tal (*sic*) de palestras foi transformada (*sic*) na maior lavanderia do mundo, tá okey, porra?, com bilhões de dólares desviados dos cofres públicos, para fazer Festas Comunistas de Orgias Planejadas – FECOORPLA, sai pra lá, satanás!" (note-se que aqui ele improvisou. E deu merda).

E prosseguiu: "Conta aí como é que você, criminoso desdelator, levava os milhões, uns 200 de cada vez, para não dar na cara e não levantar suspeitas, para a matinha, em caixas de leite e, depois, de sapatos e de uísque, e, depois, ainda, de tv de led, onde cabiam mais notas de 200 dólares (outra invenção comunista), e que lá havia antigos mamateiros de governos corruptos, dos quais recebiam milhões dos cofres públicos, essa turma de vagabundos, inclusive os sem-fazenda. Que, para isso, era utilizado um jatinho invisível, criação dos vermelhos, comunistas, para a prática de crimes, e que uma parte do dinheiro era entregue para uma tal dona Florzinha, secretária do criminoso pai, já citado e que não será nominado novamente, pra não dar ibope (lia tudo isso com uma dificuldade imensa...), que financiava ONGs que botavam fogo na mata e na caixa d'água, inclusive uma pirralha estrangeira, branquela, que perturba pra caralho, e que ganhou até prêmio, que eu não daria e nem assino para que receba. Eu sou eu, porra."

Tomou um gole de água ionizada, com propriedades terapêuticas, como garante a propaganda, e que combate um punhado de doenças, e disse: "Conta, também, que viu, muitas vezes, o criminoso e seus filhos rasgando dinheiro e tomando uísque de preços altíssimos, importados diretamente da Escócia. E que eles diziam não gostar de uísques adquiridos aqui mesmo no Reino, ou em países vizinhos, o que é um desrespeito ao Álcoolnegócio do Reino – ALNEREI, uma indústria que tem apresentado crescimento extraordinário, após as Medidas Econômicas Mágicas Elaboradas Pelos Mágicos da Economia – MAGI (essa sigla, cuja grafia utiliza apenas parte de uma das palavras, ou seja, de "Mágicas", é daquelas, digamos, diferentes). Conta, ainda, das chamadas Baladas Embaladas Por Tóchico, Sexo e Bebidas – BAEMPOTÓSEBE, e que o dinheiro enterrado era, também, para financiar a implantação de um governo comunista e sindicalista no Reino, e que na mesa dessa corja só havia do bom e do melhor, com NOSSO dinheiro."

O depoente tinha tentado falar, por diversas vezes, mas temia a reação do suposto imperador ou MCU.

Por fim, o suposto acrescentou: "Pode falar, infeliz depoente."

O homem disse, apenas: "É isso mesmo que VOSSA, em letra grande, majestade falou."

"Nem preciso pedir o veredicto do grande *Excitatus*. Condeno este elemento ao Enforcamento Público – ENFORPU.

Para que o enigma de *Excitatus* não passe à eternidade, indecifrado, vai aqui a explicação, que só pode ser oferecida por euzinho, este humilde semideus, que já demonstrou seus poderes de adivinhação, do futuro, pelo óbvio motivo de que não se pode adivinhar o passado.

Vai aqui a explicação deste humilde e autêntico profeta: o suposto imperador/MCU tinha mandado que um soldado da milícia pintasse, de preto, o cavalo *Excitatus*, originalmente branco, ocupante do cargo de deputado/senador, especialmente para aquela Audiência Escura Para Prender o Inventor da Corrupção – AESPAPREOINCO.

‘Bons Tempos Aqueles’

Em tom de brincadeira, um Deputado Banido para Sempre das Ruas e de Toda e Qualquer Atividade Política – DEBASERUTOQUAATIPO (não sei qual é pior; se esse tipo de sigla, ou o outro!) disse, a um colega que, hoje, considera bons tempos, aqueles, em que recebia apenas ameaças de morte de milicianos, além de Pequenos Atentados de Efeito Moral – PEATEEMO, logo no início da implantação do Grande Sistema. O partido desse ex-deputado era o ex-Partido do Sol, muito visado pelos filhos dos desmandos fascistas. Note que, aqui, também, não há sigla nesse partido. Se houvesse, poderia ser PASOL.

A cassação do registro do Partido do Sol tinha se dado sob o frágil argumento de que ele seria um satélite do Grande País Gelado – GRANPAGE, “com viés esquerdista e naturo-comunista, enviesado”, nas palavras do Grande Guru – GRANGU, um sujeito maluco que percorria o país (depois de viver anos na GRAN) tentando convencer as pessoas de que a Terra é plana. Como assim? Então, se alguém chegar à borda, cai no precipício, na boca de dragões, como temiam os marinheiros do século XV e XVI? – pergunta este ex-humilde.

Os seguidores desse guru querem reintroduzir nos currículos escolares questões científicas de séculos passados, como a que dizia que a Terra era o centro do universo, o geocentrismo, idealizado no ano 350 a.C., por Aristóteles, e elaborada no século II, d.C., por Claudio Ptolomeu. Quatorze séculos depois, apareceria Nicolau Copérnico, que elaborou a teoria do heliocentrismo, colocando o Sol no centro do sistema solar (parece redundância esse "colocando o Sol no centro do sistema solar", não é?). Essa era, portanto, a teoria a ser combatida, com tiros das milícias e *fake*s.

Outro devaneio saudosista foi relatado por um ex-deputado do ex-Partido dos Obreiros, também descontinuado (tucanismo puro!) pelo intragável grande sistema (as minúsculas são propositais), que divagava pensando em coisas simples, como o azul do céu e o verde das montanhas de Minas. "Naquele tempo, ai que saudade me dá, podíamos apreciar as belezas, mas não tínhamos tempo, devido à militância política, no início desse maldito império que nos oprime, e que nos ocupava com seu neofascismo radical" – disse.

As mudanças na paisagem, a que se referia o ex-deputado do ex-Partido dos Obreiros, tinham sido feitas pelo 200º Ministro da Regulação e Controle do Ar que Todos Respiram Democraticamente (até que enfim, uma palavra boa!). Vamos à sigla: MIRECOATORESDEMO. Dá até para capturar um "toresmo", nessa sigla. Com mais um "r", vira tira-gosto.

A ordem expressa que João da Serra Afiada recebeu, do maldito imperador (acho que ainda não era imperador. Que você acha, leitora/leitor?) mitológico cavaleiro ungido (com iniciais minúsculas, que é para humilhar, mesmo!), era a de não deixar uma árvore em pé, e acabar com todos os conselhos de Defesa do Meio Ambiente e órgãos ambientais do devastador "grande" sistema. Uma ironiazinha não faz mal.

O objetivo do desgoverno, nesse caso, é superar todos os governos do mundo, em trabalho escravo e devastação ambiental. "O progresso de um povo se mede pela impureza do ar e pelos baixos salários que se paga, com exploração da mão de obra (que, como você, leitora e leitor, não desconhecem, perdeu o hífen) além, é claro, de altos índices de mortalidade infantil, aplicando, na prática, a Teoria Liberal de Seleção das Espécies Resistentes em um Mundo Inabitável – TELISEESREMUINA" – disse o MCU, pretenso imperador.

Como ele foi capaz de pronunciar este tanto de palavras, ninguém até hoje conseguiu saber, apesar de inúmeras teses de mestrado antropológicas, sociológicas e psicológicas, feitas nas Novas Universidades Nacionais Sem Nenhum Viés Ideológico e Identidade de Gênero – NOUNINASENEVIIDEOIDEGE. "Tá okey, porra?" – disse o suposto MCU e sanguinário, pretenso imperador, ao novo ministro-conselheiro.

Há muito, dizer ou escrever "novo ministro" se tornou redundância, tendo em vista a altíssima, estratosférica rotatividade de servidores imperiais, às vezes, de três a cem, em uma mesma semana, de acordo com a OIDUCU

–Organização Interdisciplinar Única de Controle Universal, entidade sempre citada nas previsões econômicas do Mercador de Chicago (tem algo a ver com a sigla), o conselheiro-ministro Merdes, sempre cirúrgico em suas previsões. "O país vai crescer de 1% a 10%" – sempre diz, como um cirurgião econômico.

‘Impera’ Edita Medida Ungida Imperial

Como se não bastassem todas as polêmicas criadas pelo desgoverno, agora, ungido e imperial, o suposto imperador resolveu acabar com umas e criar outras “leis”, em campos tão variados, que vão da marcação do tempo a outras descobertas científicas antigas e, como não poderia faltar, até uma tentativa de não permitir que o comunismo entre no país. Ah, sim, tal Medida Ungida e Imperial – MEUNIM, trata, também, de astrologia.

“Palácio Ungido e Imperial

Medida Ungida e Imperial

Acaba com certas “verdades” a que estamos sendo submetidos (o português está ótimo. Dá para desconfiar de que alguém da esquerda esteja trabalhando para eles) há séculos, tudo por culpa dessas minorias que só sabem encher o saco.

Trata, ainda, de instituir novas verdades, que nos levará, a todos, ao Paraíso.

O Senhor Cavaleiro Mitológico Ungido e Imperial (que título é este, gente, não era Mitológico Cavaleiro? Mais um título para confundir!), ouvida sua própria consciência, já que a ninguém tem de prestar contas, decide:

Art. 1º – O dia e a noite, na Terra Brasilis Imperial – TEBRAIM (novo nome do país?), passam a ter 23 horas, ficando definido que o intervalo entre 23 horas e a meia noite, será chamado, por todos, hora morta (só pensa naquilo...! Na morte).

Parágrafo 1º – As representações diplomáticas existentes, nessa data, na Terra Brasilis Imperial, ficam intimadas, desde já, a comunicar a seus respectivos países essa determinação Ungida e Imperial, sob pena de serem mandados para a Venezuela ou Cuba.

Parágrafo 2º – Na hora morta não será permitida nenhuma outra atividade que não seja aquela, que nem precisa dizer qual é, para cumprir o mandamento crescei e multiplicai, que é bíblico.

Nota do escriba, interventor: Esse sujeito, nem tão ungido assim, certamente, ouviu as palavras do pastor Malacraia ou Malacheia: "isto é bíblico, irmãos!"

Art. 2º – O dia de segunda-feira passa a se chamar primeira-feira, e os demais, segunda-feira, terceira-feira, quarta-feira, quinta-feira, preguiça e ressaca, com a exclusão do nome sexta-feira, para que nenhuma pessoa possa dizer, com um sorriso nos lábios, "sextou", o que tornará nossos jovens mais sérios, sem viés de quaisquer brincadeiras, especialmente as sexo-comunistas.

Parágrafo 1º – A pena para os infratores, que continuarem a se referir a esses dias, da maneira antiga, e meio comunista, no que tange a "sexta", quando a juventude começa a beber, imitando os comunistas russos, que adoram vodka, é de abstinência pelo resto da vida. Se quiserem, tomem cerveja sem álcool, e muito cuidado com a síndrome neurofrenal, não confundir com cloroquina, provocada por algumas marcas de nome comunista, pois a pronúncia não é como no inglês, em que o "a" é pronunciado como "ei", de nossa estimada GRAN.

Art. 3º – Fica revogada a teoria do heliocentrismo, e instituída a teoria de que a Terra é o centro do universo, com os demais planetas, se é que eles existem mesmo, girando em torno dela, e não é como você está pensando, pela má influência de professores comunistas (a mamata acabou, babacas! E Parem de pensar em redondices pornograficanas, como diria Odorico Paraguaçu) primeiro e único tornado habitável por Deus. Não a redondice, mas a Terra é que é habitável, por concessão divina, que fique claro. Sem discussão, pois isso é bíblico. (Este escriba esclarece, mesmo tendo de pegar carona, aqui, no rabo desse artigo 3º, que esse assunto de redondo e plano não consta na Bíblia).

Parágrafo 1º – Instituído está, também, que o Sol vai ter que se virar para fazer a mesma órbita, sem colidir com os demais corpos, que, como aqui está escrito, não se tem prova de que existam, chance zero, e podem muito bem terem sido inventados pela NASA, quando o presidente era aquele muçulmano, turco, o tal de Buraco Abramo, sei lá.

Parágrafo 2º – As fotos existentes desses tais planetas é tudo montagem *fake,* para enganar otários, chance zero, que dia o homem teve bunda para ir à Lua? (intervenção necessária: parece que houve uma escorregadela, na concordância nominal, em "é tudo montagem", pois o verbo "é", do modo presente do indicativo, na terceira pessoa do singular, só deveria ser usado se fosse "a foto". Para "as fotos" o correto seria o uso de "são", também do presente do indicativo, terceira pessoa do plural.

Art. 3º – Fica, para todos os efeitos, definido que ao horóscopo será acrescentado mais um signo, que deverá ter o tronco desse Mitológico Cavaleiro Ungido Imperial, no corpo de um veado, para demonstrar a agilidade de nosso guia eterno, o MCUI, que corre como ninguém, a exemplo do signo de sagitário, que deverá ser extinto, para que o novo signo passe a valer. E mais: Chance zero dessa porra ser revogada! Sem MIMIMI.

Parágrafo 1º – O novo signo passa a chamar-se MCUI e assim deverá ser escrito e falado por todos, pena de exílio em alguma ilha repleta de cobras. Fica também abolida a forma Cavaleiro Mitológico Ungido Imperial, e sua sigla, CMUI, que cansou a beleza deste imperador.

Art. 4º – Dentro de uma semana serão fechadas todas as nossas fronteiras, secas e molhadas, espaço aéreo etc. etc., para que nosso país fique, durante o período de um ano, totalmente isolado, podendo este FECHAMENTO ser estendido, perpetuamente, a critério do MCUI (não me pergunte como o redator dessa merda escreveu corretamente o "espaço aéreo etc. etc.," sem vírgula depois de "aéreo", já que as três letrinhas são uma redução de *et coetera*, expressão latina, que significa "os restantes" e "e outras coisas").

Parágrafo 1° – Imediatamente, nos aeroportos e nos portos marítimos e fluviais, serão colocados grandes painéis, com a inscrição: "DEMOCRACIA, SEM COMUNISMO", a mesma frase que foi estampada pelo meu colega de armas, o democrata Alfredo Stroessner, na divisa fluvial (rio Paraná) entre as cidades de *Concepción* (Argentina) e *Encarnación* (Paraguai), na década de 1980. Ordena-se, também, a colocação dessa frase, em espanhol, nas fronteiras com a Argentina, para prevenir que o fantasma de um tal Che Guevara, que ali nasceu, aqui não queira entrar e assombrar o IMCU.

(Ao menos as informações, nesses casos, estão corretas, pois este humilde escriba lá esteve, na década citada, quando o povo começava a se rebelar contra o tirano Stroessner, com manifestações no Hospital de Clínicas, na Avenida Mariscal López, bairro de San Lorenzo, em Assunção. Mais uma vez, desculpe a intervenção).

CURTO E GROSSO, TENHO DITO. MCUI."

Vazamentos Levam A Demissão Em Massa

Após o milionésimo vazamento de "ações secretas" do autodenominado imperador (sentiu a mudança de tratamento? É assim que acontece quando um governo ou desgoverno, está caindo), todo o seu ministério imperial e papal foi demitido. Por quem, por quem? Por forças ocultas.

"E fiquem sabendo, porra, tá okey?, que não quero ninguém na minha retaguarda, que eu sou é espada" – tinha dito. Essa espécie de mantra, o imcu (isso é para diminuí-lo, ainda mais!) se utiliza, todos os dias, seis vezes ao dia, após a mídia clandestina que começa a se reorganizar, ter publicado que ele teria um caso com um segurança que, desde o início do suposto grande sistema, aparece sempre nas fotos e vídeos, atrás dele, ou seja, na retaguarda mais ilustre do país, na opinião de um ex-vice de farda política (existe isso?), ou do PM – Partido Militar.

O problemão criado com as demissões foi que ninguém queria assumir um suposto ministério imperial, de um desgoverno que estava em seu ocaso, no crepúsculo, como diria o jornalista e escritor Gabeira.

O dirigente máximo da GRAN chegou a oferecer uma equipe completa de agentes da NSA e CIA, que poderiam, segundo o mandão do Norte, solucionar todos os problemas do (suposto) imperador, com soluções capazes de encantar o mundo. Acontece que o mandão exigira a contratação, pelo império (suposto, você já sabe, mas não custa lembrar), de tradutores brasileiros de extrema e extremíssima direita. Frustração geral. Não encontraram um sequer. Não queriam arriscar a pele por um desgoverno em fim de carreira.

"Assumo essa porra todinha, tá okey, porra, que essa imprensa não me deixa dormir, com tanta perseguição de jornalistas criptocomunistas, que estudei e sei, agora, que são aqueles bandidos e canalhas que não manifestam, claramente, suas posições comunistas". Adivinhe quem disse essa merda aí? Este muito pouco humilde escriba tira o chapéu (antigo, né?), pois o cara está ficando intelectualizado..., utilizando-se de palavras poucos usuais em estrebarias.

Em seus novos aposentos, no Castelo de Salomé, de um hectare de área construída, e 20 metros de pé direito ("para ficar mais perto de Deus", como disse Merdir Placebo) erguido com recursos oriundos de contribuintes muito pobres e fiéis – gentilmente cedido por seu orientador espiritual e de investimentos, Merdir Placebo, o imcu discursa: "Estou sendo perseguido, por desejar fazer a vontade de vocês. Não me deixam trabalhar, coisa que, confesso, odeio. Merdes não criou um emprego sequer, mas eu vou criar 300 milhões de empregos, quando a galinha nascer dentes".

Ao ouvir isso, a multidão se revoltou. Trinta batalhões milicianos – BATA, chegam para "acalmar" a plebe. Milhares de mortos é o saldo macabro. "Isso, as mortes, não é nada. Um vírus pode matar muito mais", disse.

Suposto Imperador Agora Tem Arauto

Devido ao aprofundamento da partilha de cargos do pretenso império entre proprietários de templos pentecostais e neopentecostais, o suposto imperador tomou a decisão de criar o cargo de arauto – que será ocupado pelo ex-porta-voz secreto, Alex Zorro – "para demonstrar, inequivocamente, sua fidelidade às narrativas bíblicas". "O suposto imperador (Jairsaindo?), por Decreto Imperial de Caráter Irrevogável – DEICAI (cai, mesmo!) decide instituir, imperialmente, a função de Arauto Imperial – AIM, que anunciará as novas e boas para todo o território imperial da Terra Brasilis. O nome do titular-substituto-terrivelmente-evangélico é o bispo Placebo, cuja posse será anunciada em breve. Ponto", leu o texto, escrito em letras garrafais.

Essa proclamação foi planejada para demonstrar a agilidade e eficiência do suposto império – pelo próprio futuro e presente ocupante do cargo, que de agora em diante terá aparição obrigatória em todos os canais do *YouTube*, e nas emissoras sobreviventes dos canais de rádio digitais, por determinação de outro suposto decreto imperial.

Esse outro decreto estabelece que "as palavras que saírem da boca do Arauto Imperial, devidamente instituído, terá força de lei, e a pena para quem o contestar será a de morte (olha a sanha punitivista, aí, gente!), que atingirá pais, filhos, sobrinhos, sobrinhas, tios, tias, cunhados, cunhadas, concunhados, concunhadas, padrastos, madrastas, avôs, avós e quaisquer outros graus de parentesco existentes sobre a face da Terra, que serão exterminados, para que levem, com eles, o germe da contestação, que é coisa de comunista."

"Ai que saudade da Lei de Insegurança Federal Canina – sem sigla – disse um ex-deputado, sobrevivente da Grande Captura Espetacularizada Parlamentar, que quase exterminou a categoria, não a classe, que é outra coisa, mais abrangente, como os trabalhadores, ou donos do capital, por exemplo, como ensina Karl Marx.

A única disposição boa desse suposto decreto – eu, hein? Tô fora! – é que, por ele, o condenado pode escolher a forma de execução: guilhotina, forca, fuzilamento, envenenamento, esganamento, câmara de gás ou ser atirada/atirado de precipício. Por esse ângulo, seria uma morte democrática.

A figura majestosa (deixa o suposto imperador saber disso!) do arauto, em seu trono, vestido, como não poderia deixar de ser, pois então não teria o sobrenome de Zorro, com uma capa preta, lembra, levemente, o conde Drácula ou os antigos ministros do ex-STF.

Se se olhar, mais detidamente, a peruca branca – daqueles usadas pelos nobres europeus de antigamente, inclusive aqui, na América Latina –, nos vem à mente a figura de um certo Cristo, reencarnado – isso é o que ele diz –, sentado em seu trono branco, falando com sotaque espanhol, rodeado, metaforicamente, de rolinhas, como acontecia com certo personagem de novela.

Esse representante de Deus disse que está processando o suposto império (como processar, se não há mais Justiça?), por imitar seu trono branco, mudando apenas a inscrição na parte posterior do acento, de "O Reencarnado", para "Arauto Imperial".

Um blogueiro engraçadinho – preso, imediatamente – chegou a escrever e falar que o arauto seria, no futuro próximo, o substituto daquele Cristo, reencarnado, que havia morrido e ressuscitado uma centena de vezes. "No ritmo em que caminha o desgoverno, esse arauto tem cacife para morrer e ressuscitar um milhão de vezes"– escreveu e disse o blogueiro.

O Ato Imperial Número Um Sai do Forno

Para enfrentar seu complexo de inferioridade em relação a certos ditadores de uma criminosa ditadura militar e civil (existe alguma que não seja?), instalada em 1° de abril de 1964, o suposto imperador tanto fez, que conseguiu que alguém se dispusesse a redigir para ele seu primeiro Ato Institucional Imperial Número Um, para que se sentisse um grande general ou marechal, tanto faz.

"IMPÉRIO DO BRASIL, MUI BEM GOVERNADO POR SUA MAJESTADE O IMPERADOR, SENHOR DE TUDO E DE TODOS.

Ficam revogados todos os ATOS CONTRÁRIOS a esse ATO IMPERIAL, que entra em vigor um segundo após sua assinatura, com uma caneta azul (ninguém aguenta mais...!);

DESCONSIDERANDO, toda a oposição que uns poucos podem imaginar em fazer a SUA MAJESTADE IMPERIAL, SENHOR DE TUDO E DE TODOS;

DESCONSIDERANDO, AS VOZES DISCORDANTES, dentro das FORÇAS DE SEGURANÇA, inexistentes, É BOM QUE SE DIGA, e cujos titulares deverão ser submetidos à NOVA LEI MARCIAL, com opção que poderá ser exercida pelo penalizado, entre CADEIRA ELÉTRICA, ABATEDOURO BOVINO, ENVENENAMENTO, FUZILAMENTO, ou outra forma de abate, a critério de SUA MAJESTADE IMPERIAL;

DESCONSIDERANDO, a situação atual, de seca prolongada, considerada por críticos vermelhos, comunistas, como uma das Dezessete Pragas Imperiais, o que ESTE IMPERADOR repudia.

Nota deste escriba: Cabe lembrar que, entre as outras supostas pragas estão o rompimento de duas barragens de rejeitos de minério, da Companhia Vale do Rio Morto – CVRM. Você, leitora/leitor, percebeu que este escriba, agora, se intromete nos textos, sem nenhum pudor.

Uma, em Mariama, Quintas Novais (19 mortos e quase irrecuperável devastação), através da Suvaco – SUVA, da qual a Vale detém 50% do capital. A outra metade pertence à BHB Plinton.

O outro rompimento se deu em Aprumadinho, também em Quintas Novais (onde tudo é novo, até a bubiça – se você duvidar de que essa palavra existe, vá ao dicionário) do pretenso governador, Bozema, em barragem da mesma Vale do Rio Morto, vendida a preço de banana, durante a privaputaria tucana, e que hoje usa o nome fantasia de, simplesmente, Vale Morto S/A, com uma logomarca leve, talvez para se esconder das consequências das cagadas que anda fazendo. Esse desgovernador existe para "estarmos" criticando-o, "falarmos" mal dele, "aguentarmos" suas babaquices, nos "protegermos" de sua vacilação política, "suportarmos" (é assim que ele fala) suas tentativas de fugir de seus criadores, emplumados. E sua submissão ao desgoverno.

É, mesmo, um novo tucano travestido de novidade. Se não vender todo o Estado, ficaremos no lucro. A propósito, por que as barragens nunca se romperam, enquanto a Vale do Rio Morto era estatal, antes da privaputaria, cujo resultado financeiro e social, ninguém nunca viu?

Como se tivessem lido o que este escriba escreveu, aqui, os agentes do desgoverno imperial, chefe do desgovernador, "soltaram" uma Nota, tentando diminuir o efeito das tragédias ambientais:

"NOTA DE DESMENTIDO DAS CRÍTICAS, VERMELHAS, QUE VISAM CAUSAR UMA CRISE INSTITUCIONAL DE CONSEQUÊNCIAS IMPREVISÍVEIS

Depois, ainda, tem vermelhos que são contra as privatizações, e não conseguem ver que esses rompimentos deram trabalho aos bombeiros, médicos legistas, ao meu pessoal de Israel, que veio aqui, não fez nada, mas veio, médicos, psicólogos, pena que não utilizaram armas, rá, tá, tá, tá, tá, e outros membros da SEGURANÇA PÚBLICA, sem esquecer que o que a esquerda chama de desastre humanitário e ambiental, também incentivou a indústria da morte, com a venda de caixões, traslado de corpos etc." (cruz credo nesse sujeito!).

De volta ao suposto Ato Institucional Imperial Número Um: "Finalmente, é preciso que fique claro que a morte é apenas uma passagem para outro mundo, cheio de delícias, prazer, apesar de ninguém querer a morte.

E que os vermelhos não me venham (aqui tem o dedinho do suposto impera...) com a lorota de que a proliferação de insetos em plantações de soja, milho, feijão, sorgo etc., que estamos enfrentando, seja mais uma praga. Estou cansado de tantas pragas e dessa imprensa covarde, que ataca eu (*sic*) e minha família, que até outro dia eu podia dizer que era limpa, como eu disse numa entrevista a uma televisão que não vou citar, pra não dar Ibope."

E segue o andor do pretenso Ato Institucional Imperial Número Um: "DESCONSIDERANDO, essa tal revolta dos javalis, sem maiúsculas, que é para diminuir a importância desses seres horríveis, fuçadores costumazes (intervenção necessária: o correto é contumazes, que pode significar teimoso, perseverante, reincidente, rebelde e incorrigível, termo muito utilizado em textos jurídicos) e filhos de umas que roncam e fuçam, desde que o mundo é mundo, notórios agitadores e inquietadores de famílias, que serão combatidos, custe o que custar, até sua total aniquilação, lá deles, os Java (que intimidade, hein?) e nas nossas hemorroidas ninguém põe a mão;

RESOLVE, SUA MAJESTADE, O IMPERADOR:

Art. 1º – Ficam proibidos todos os atos contrários a ESTE IMPERADOR, por palavras e atos, que isso é bíblico, podendo ser aplicadas as mais diversas penas, existentes e por inventar, a critério de SUA MAJESTADE;

Art. 2º – Proibidas, também, estão quaisquer formas de pensamento que atentem contra os ATOS de SUA

MAJESTADE, faça sol ou faça chuva, neve, não, só um pouco no Sul, pois aqui é uma região tropical, ficando decretado, desde já, que as tais redes sociais deverão participar da “poda”, também conhecida como CENSURA, de todas as manifestações orais ou escritas, que atinjam a nossa grande amiga GRAN e nosso império de felicidade;

Parágrafo 1º – Se tais pensamentos ocorrerem em sonhos, ou delírios, a pena será reduzida em um terço, desde que não tenha havido manifesta vontade de sonhar, por parte do sonhador ou sonhadora, sem ideologia de gênero, desde que o mesmo ou a mesma não seja comunista ou terrorista, o que anulará toda a benevolência originalmente existente nesse parágrafo;

Art. 3º – Todo o poder emana do IMPERADOR, SUA MAJESTADE ÚNICA, que jamais poderá ser contrariado, e cuja vontade deverá ser rigorosamente obedecida;

Parágrafo 1º – Quem contrariar o IMPERADOR receberá a pena surpresa;

Art. 4º – Proibidos estão, para não fugir à regra, quaisquer movimentos suspeitos, em vias públicas, sejam eles de rebelião, movimentos paredistas, insurrecionais etc. etc.;

Parágrafo 1º – Fica esclarecido que a simples conversação, entre duas ou mais pessoas, os javalis incluídos, mesmo sendo bichos, em via pública, a qualquer hora do dia, da madrugada ou da noite, autoriza o guarda da esquina a praticar o PRIVILÉGIO IMPERIAL, de aplicação da ORDEM IMPERIAL de abate indolor, contando o agente abatedor com todas as excludentes de ilicitude existentes e por existir;

Leitora/leitor, deixemos de lado esse AI-1, supostamente imperial, e tratemos de revelar o teor das mensagens cifradas a que nos referimos páginas atrás. A primeira: "o autogolpe vem aí, com muita porrada".

A outra mensagem tem a ver com este capítulo, que trata do Ato institucional (supostamente) imperial número um. A mensagem cifrada, completa, é a seguinte: "O Ato Institucional Imperial Número Um está no forno". Estava, por que como se pode constatar, já deve ter entrado em vigor, pois isso estava previsto para acontecer um segundo após sua assinatura, com uma caneta azul, que nada tem a ver com a da canção pegajosa, que viralizou.

Agora, é só esperar pela concretização da outra ameaça, contida na mensagem cifrada do autogolpe, como se fosse possível um suposto imperador promover mais um autogolpe, seja lá o que signifique isso.

Terraplanistas Atacam Em Todo O Território

Este onipresente, e pouco democrático escriba, decidiu dedicar um capítulo à teoria da terra plana, quando o guru Osujo de Orvalho apresentará um Plano Mundial de Revisão de Antigas Teorias Superadas pela Realidade – PLAMREANTESURE.

Esse plano pretende mudar o entendimento científico mundial sobre esse e outros assuntos, como os defendidos por Ptolomeu, Galileu, Copérnico etc. Ele, Osujo, "provará", também, que Jesus está entre nós, ocupando o maior cargo da NeoImperialRepúblicadeSalvaçãodasAlmas (que nomezinho esquisito...)

Os terraplanistas querem provar, também, que atrás das nuvens estaria situado o Céu, onde só entrariam os escolhidos. "Vermelhos, nunca!" – esbravejou o guru.

O 101º ministro da Economia (e mais um punhado de puxadinhos, entre eles a Troca Reversa de Mercadorias (ganha um doce quem souber o que significa isso) começou a implantar o que chamou de Previdência Liberal Privada Celeste – PREVILIPRICE. Aqui vai uma observação: se é privada não precisa dizer que é liberal. Ou estaria este escriba equivocado?

Essa Previ (vamos simplificar, para não cansar o leitor/leitora. Sentiu a inversão dos vocativos leitor/leitora? E não precisa me lembrar de que essa sigla já existe!) era, hoje se sabe, a reserva onerosa de um cantinho no Céu (sentiu o drama do economês de botequim ou butiquim, o que dá no mesmo?).

Vários sambas foram feitos, ou compostos, o que não altera a frase, sob encomenda de um general-músico, que assumiu uma vaguinha de assessor, na pasta da Economia, sobre esse tema. A vantagem desse plano celeste é que basta o felizardo morrer, que a dívida é extinta. Só que ninguém queria morrer. Ir para o Céu, sim.

"Aí fica difícil o entendimento" – disse outro general, admitido no governo depois de seu advogado alegar que se deveria respeitar o princípio da "isonomia entre os iguais", nova interpretação dada pelo Supremo Tribunal Paralelo, novo nome da suprema corte governamental (esse é mesmo um desgoverno de novidades!), ao conceito contido na ex--Constituição Federal.

"Se tantos militares estão no governo imperial, mais de 6.000, meu cliente também deverá ser introduzido (epa!), nas benesses do poder, com direito a todos os proventos e penduricalhos pertinentes ao cargo que passará a ocupar, física e virtualmente."

A informação deste personagem está correta, de acordo com o TCU – Tribunal de Contas da União. No início de 2021, eram 6.157. Desse total, 43% ocupam cargos comissionados que, em tempos democráticos, são ocupados por civis. Menos no governo golpista de Temer, que abrigava 2.765 militares. Uma espécie de divisão de butim, ampliada no atual desgoverno.

O centenário general, fazendo sua caminhada matinal (a longevidade avança a passos largos) disse apenas: "Muito bem, causídico, esse é o meu jurista, jurista do bem, tenho dito e feito!".

Por sua vez, o milésimo ministro da educação tinha acabado de anunciar uma profunda revisão de toda a história da humanidade, segundo ele, baseada na Bíblia (para alegria de donos de igrejas de todo o país) quando o suposto imperador o chamou de lado: "Peraí, porra, faz isso aí, mas sem ideologia de gênero, tá okey?"

"Não ficará pedra sobre pedra nessa ideologia comunista que diz que Jesus teria sido um revolucionário, e que lutava contra os poderosos, que oprimiam o povo, naquela época" – disse o ainda ministro. "Só naquela época, tá okey, porra, que no nosso governo, bobeou, tá, tá, tá!" – disse o suposto imperador, fazendo arminha. "E prenda e arrebente esses atores, não vou falar atrizes para não atiçar a ideologia de gênero, que inventaram esse negócio de Jesus ser *gay*, o que dá até um trocadilho, veja só: Ser*gay*".

Este conspirativo escriba tem de dar a mão à palmatória, diante do avanço intelectual desse cidadão, cuja batata está assando. Ele, gente, conseguiu fazer um trocadilho, ainda que homofóbico e infame, como é seu costume. Está de parabéns (perdoem este escriba), pelo esforço intelectual.

"Imperador, Vossa Majestade, com iniciais maiúsculas, precisa decidir se é 'tá okey, porra?', 'ou porra, tá okey?" – sussurrou o 1.500º ministro-conselheiro da Economia, empossado naquele momento. "Tá com a cabeça cortada, demitido, e tá okey, porra, é a mãe, tá okey?, com zero chance de ser readmitido" (O que a mãe tem a ver com isso? – pergunta este ex-humilde).

Outra obsessão do milésimo quingentésimo (vamos chamá-lo assim, mesmo com a dificuldade de pronúncia) que não esquentou a cadeira, é contestar descobertas científicas, como a do heliocentrismo, que coloca a Terra e outros planetas girando em torno do Sol.

A última orientação secreta (como podem notar, escritor às vezes é pior que o *The Intercept Brasil*, para interceptar [de novo?] segredos cabeludos) recebida do guru do suposto imperador, Osujo de Orvalho, dizia que, em breve, todo o mundo Ocidental, Oriental e a casa do caralho (será para rimar com o próprio sobrenome, ou é uma fixação freudiana?) se renderiam às novas teorias científicas, baseadas unicamente na "Palavra", escrita na Bíblia, sem viés comunista, e sem ideologia de gênero. "A Bíblia só tem verdades, pois quando foi escrita, inspirada por Deus, não existiam os comunistas, que querem arrombar as nossas hemorroidas" – disse Osujo. "Vamos passar a mão na bunda dessa comunistada boiolada" – escreveu (politicamente incorreto manda lembranças).

Essa fixação, diríamos assim, sexual, do guru, vinha lhe custando severas críticas na Mídia Democrática Resistente (sem sigla, você sabe o porquê).

O guru, muito experiente em análises astrológicas ("escorpião, não vá picar ninguém que pensa como nós, ouviu?") sabe que não pode passar uma orientação muito extensa, ao suposto imperador, coisa de uma página e meia, tendo em vista a parca capacidade de leitura de seu discípulo. Por isso, seus *papers* (papéis, em português) eram sempre curtos e diretos, do tipo "faça isso, não faça aquilo".

Eis um dos *papers* (não venham me acusar de americanófilo, como se eu pertencesse à Republiqueta de Curitiba): "Precisamos começar a defender a teoria do geocentrismo e combater a do heliocentrismo, desenvolvida pelo astrônomo e matemático polonês Nicolau Copérnico (1473-1543), com base no trabalho do grego Aristarco de Somos (310-230 a.C.).

A teoria geocêntrica é o modelo cosmológico mais antigo, defendido, inclusive, pelo filósofo Aristóteles. Este foi quem disse a seguinte frase: "O sábio nunca diz tudo o que pensa, mas pensa tudo o que diz". É, parece que esse suposto imperador não se encaixa no perfil do sábio, de Aristóteles.

"Alô, porra, é o impera, primeiro e único, tá okey? Desse jeito ocê tá quereno (sic) é bagunçá (*sic*) minha cabeça com esse tanto de informação. Quem te ensinou isso? Não basta o tormento que sofro com essa imprensa canalha, que vive a mexer com meus meninos, esposa, papagaio, cachorro, e tudo o mais? A única coisa boa que vi, de cara, é que esse cara aí, o tal Comprético (*sic*), era astrólogo, igual você. Menas (*sic*) informação, tá okey, porra?"

Leitora/leitor, esses "*sic*", aí, não são produzidos por soluços desse energúmeno pretenso imperador, mas, como você sabe, *sic* é um termo latino com que os bons escritores (sem autoelogio...) indicam que transcreveram as palavras, conforme o texto original, por mais errado ou estranho que possa parecer.

"Mas, Sua Majestade, o Imperador, Primeiro e Único (até falando esse puxa-saco coloca iniciais maiúsculas!), nem é tanto assim, queria apenas lhe municiar de informações para que possa defender nossa bandeira" – disse Osujo.

"Se quer me municiar, compra aí, nos esteites, uns bons quilos de munição e traz pra mim, que os meninos andam precisando pra dar uns tirinhos aqui nas favelas do Rio de Janeiro. E eu lá quero saber se esse tal de Aristóteles defendia uma teoria? Esse cara não era meio boiola, não? Eu conheci um que era, ouviu, porra, tá okey?"

Outro *paper* : "Na verdade, outro astrônomo (meu confrade..., pois também estudei essa matéria, além de astrologia, sociologia e tudo o mais que tenha 'logia`) e matemático grego, Claudius Ptolomeu (78-161 d.C.?), em sua obra 'Almagesto', tinha finalizado essa teoria, garantindo que a Terra estava parada, no centro do Universo, com o Sol e todos os corpos celestes girando em seu redor. Só apareceria um enxerido, 1800 anos depois, para contestar essa beleza de obra celestial. Mas isso aí, a gente esconde, como diria um certo ex-ministro Recuperado, e o resto a gente fatura."

"Pô, caralho, tá okey?, eu não quero saber dessas coisas muito complicadas, que já tenho um governo pra desgovernar, e me defender desses generais, doidinhos para se posicionarem na minha retaguarda, aqui não, Estacão, que eu sou é espada! Tenho dito, feito e desfeito!"

Necessário esclarecer que esse Estacão, a que o suposto se refere, é irmão gêmeo do Tião da Borracharia, conhecidos, os dois, por carregar duas sacas de milho, de 50 quilos cada, uma em cada braço, de uma só vez.

Sobre o significado do nome (por que Estacão?), é melhor deixar pra lá, pois essa não é uma história pornográfica, com "viés sexo-comunista", como poderia dizer o sujeito Jairsaindo, ou algum de seus ministros-conselheiros, cada um mais pirado que o outro.

Suposto Imperador Força Delação Enlameada

Com seu séquito de duzentos e cinquenta e nove ajudantes, devidamente uniformizados nas cores verde e amarelo, o suposto imperador, Jairsaindo, ladeado pelo cavalo, novamente branco, *Excitatus*, a quem ele chama de vossa excelência, sinaliza à multidão, antes de tomar o microfone.

"Quero dizer (tá okey?), que agora estou falando menas (*sic*) porra, pois estamos inaugurando uma nova fase nesse *circus maximus* (isso é o máximo de demonstração intelectual, gente!), onde a cabritada vai berrá (*sic*) feio (não se pode, mesmo, elogiar, né?). Isso sem contar o "menas".

Para facilitar a vida do leitor/leitora, vamos traduzir o que mais tenta dizer esse quase ex-ditador, cuja batata há muito está assando. Sob a supervisão de especialistas em Manipulação Intelectual Sob Forte Pressão Emocional

– MAINSOFORPREEMO, da CIA, entre eles, certo ex-ministro da Justiça, o réu deve ser interrogado à exaustão, durante um pouco mais de 472 horas, ininterruptas, até que ele se disponha a delatar quem o interrogador mira, o alvo (eu, hein? Parece conversa de franco-atirador), para se livrar do suplício.

"O senhor sabe dizer quais são os planos subversivos dos javalis gigantes e demais bichos, que participam da maior campanha pela reinstauração (que me perdoe o interrogador, mas essa palavra não consta dos dicionários) da corrupção em nosso império, depois que nossa NOVA POLÍTICA aboliu essa peste de nossos horizontes, com a derrubada da petezada e capetezada comunista?" – foi a primeira pergunta, ao primeiro interrogado.

Quem pensou que foi o suposto (ele está quase reduzido a pó, mas nem imagina o tamanho da sua batata que está assando), quem fez essa pergunta, de certa forma, até bem elaborada, errou feio. Foi um dos agentes da CIA, denunciado pelo sotaque.

"Estava eu, um dia, a passear pelos campos, quando ouvi uma conversa, entremeada por alguns grunhidos, também conhecidos por arruar, em que um grupo de javalis gigantes falava em coisas como transformar a sociedade e implantar o socialismo, sistema político e econômico em que as riquezas são distribuídas a todos, de acordo com o planejamento estatal e as necessidades coletivas. Um dos javalis gigantes, que parecia ser o líder, pela sua voz rouca, e também devido a sua barba negra (mais branca que negra, garante este humilde), dizia que um governo de bichos e homens que defendem a liberdade de imprensa, a democracia, e vida abundante para todos, uma das primeiras medidas seria a abolição da propriedade privada, retornando ao sistema de ocupação da terra praticado pelos nativos de nossa terra, quando da invasão europeia, no último ano do século XV, ou seja, em 1500."

"Para ele – continuou o depoente enlameado, com todo o respeito deste escriba aos javalis, porcos, elefantes, hipopótamos, capivaras, equinos e outros animais que gostam de rolar na lama –, a existência da propriedade privada leva os seres humanos e os bichos a exercitar a cobiça, a inveja, verdadeiro olho gordo sobre os bens do vizinho, dos parentes, amigos, até da 'conja' e do 'conje' *(sic)* (essa doença é contagiosa), com todos e cada um querendo ter mais que o outro, cada qual querendo ter um *smartphone* mais novo que o do outro, um tênis comprado em Miami, um terno italiano, camisa de linho egípcio, sapato de cromo alemão etc. etc., sonhos de consumo pequeno-burgueses, que devem ser abolidos, para alegria e felicidade geral da República Socialista dos Homens e dos Javalis Metamorfoseados e Livres. Sendo que, às vezes – disse – pode ocorrer uma briga por causa de uma simples laranja." (olha o laranjal, aí, gente!)

"Só não gostei dessa última palavra, que ordeno seja retirada do depoimento, por ofender a nobre família imperial."

"Continue", disse o suposto imperador, autorizado pelo agente da CIA.

"Pois bem, esse citado líder lembrou que certos humanos de direita e extrema-direita sempre praticam *bullying* contra o *Sus scrofa*, também conhecido como javardo, porco-bravo, porco-monteiro (que vive no Pantanal), porco selvagem euro-asiático, porco montês, cujas fêmeas são conhecidas por javalina e gironda (nada a ver com a Gioconda, a Monalisa, do Dalí), o que é imperdoável." "Nós e nossos parentes, os *Sus scrofa domesticus* sempre fomos tratados, de maneira pejorativa e degradante, pelos direitistas extremados que nos impingem adjetivos como nojento, imundo, sujo, ditador, lambão, enlameado etc. etc., que funcionam como verdadeira bomba em nossa autoestima, explodindo nosso brilho, altivez e dignidade, dentre outros adjetivos edificantes..." – disse o tal líder.

E prosseguiu com a narrativa, após sorver uns poucos goles de água: "Há que se elogiar a sensibilidade do naturalista sul-africano, Lyall Watson, que passou a infância tendo como companhia o javali-africano Hoover, e que dedicou a nós, os suínos, o livro *The Whole Hog – Exploring the Extraordinary Potential of Pigs*." (Em português, Todo o Porco – Explorando o Potencial Extraordinário dos Suínos, em tradução do Google Tradutor). "A triste verdade – disse – é que sabemos muito pouco sobre porcos, e pouco do que pensamos é verdadeiro", disse esse homem (o naturalista, é óbvio) orgulho da raça humana.

Jairsaindo, babando de raiva e mordendo a língua, esbravejou:

"Vamos parar de usar essas certas palavras como ditador, extrema-direita, que meu deputado-senador, vossa excelência Excitado, tá doidinho querendo te ferrar, dar baixa em seu CPF, com um só balanço de cabeça, tá okey?"– ameaçou o suposto. "É só o Excitado balançar a cabeça, negativamente, que a lâmina da Bozinha (nome da guilhotina instituída pelo grande sistema) lhe decepará esse pescocinho delicioso..." – disse.

"Continuando – prosseguiu o depoente –, o que seria o líder, fez um histórico da origem de seus parentes os *Sus scrofa demesticus,* cujo surgimento remonta a 12.000 anos a.C., tendo sido encontrada uma pintura rupestre, em Altamira, na Espanha, no ano de 1878. Em seguida, o que poderia ser uma espécie de ministro da Defesa dos insurgentes, pois estava armado, e fazendo cara de mau, garantiu que o suíno doméstico (observe que ele evita a palavra porco) teria surgido há mais de 40 milhões de anos, o que parece um disparate, já que fica difícil estabelecer o parentesco com os javalis, cujo surgimento remontaria a 12.000 anos a.C.".

"Agora, vamos deixar de devorteio, conversa de cerca Lourenço, e vamos ao que interessa, sob pena de o depoente ser bozotinado. Quero os nomes do barbudo e dos outros bandidos javalescos (*sic*) vermelhos" – vociferou o suposto. Aqui, para não perder o costume, Jairsaindo fez *bullying,* já que não existe o adjetivo 'javalescos` (que soa pejorativo) e, sim, javalino, nome que se dá a tudo o que se refere a javali.

O termo 'bozotinado`, derivado de bozo, e criado pela esquerda, foi apropriado pelo suposto imperador, por orientação de um especialista em "Marketing de Ré", nova modalidade publicitária inventada pela GRAN, que consiste em o Grande Sistema se apropriar de todo o arsenal discursivo e instrumental metafórico da esquerda, para esvaziá-la. Esse método está sendo aplicado pelo, supostamente, grande e decadente sistema (e tome minúsculas!) na criação de dezenas de novos partidos, como veremos em um próximo capítulo, para impedir que a esquerda os crie.

O equipamento da morte, a Bozotina, tem nome diferente, mas a mesma lâmina afiada da antiga guilhotina, muito utilizada na Revolução Francesa, inclusive nos pescoços do rei Luís XVI, em 21 de janeiro de 1793, às 10h20 da manhã na, à época, praça da Revolução, atual praça da Concórdia, em Paris; e em sua mulher e rainha, Maria Antônia Josefa de Habsburgo-Lorena, conhecida, na intimidade, simplesmente como Maria Antonieta, no dia 16 de outubro de 1793, quase nove meses depois, na mesma praça de Paris.

Os Javalis Metamorfoseados E Empoderados

Não é segredo para ninguém, que a liberação indiscriminada e o consequente uso de novos agrotóxicos, num total de 967, sendo 474, em 2019; 493, em 2020, e "só" 67, em 2021, até março, se transformaram em verdadeira praga na produção agrícola da neorrepública. Essa "intoxicação", combinada com o desmatamento criminoso, para abrir frentes de garimpo e mais plantações de soja e outras culturas, na Amazônia, o que, segundo o desgoverno, ocuparia milhões de trabalhadores desempregados, o país passara a enfrentar as Trinta e Oito Pragas Assemelhadas às do Egito.

O 200º ministro da Criação de Ocupação Temporária Até Que a Morte os Alcance – CRIOTAQMAL (até que deu uma sigla engolível, apesar da tragédia dessa situação social), garantiu que o Brasil se transformará, em breve, "no maior produtor mundial, disparado, de ouro, superando, de forma cavalar (nova/velha expressão que está em voga), nossa magnífica produção e distribuição de cocaína, em modernos aviões oficiais, e em navios cargueiros, sem abrir mão de submarinos de fabricação artesanal."

Os representantes do Agroveneno não se cansam de elogiar a liberação indiscriminada do que classificam como "defensivos", o que, num primeiro momento, aumentou a produção de soja, milho, algodão, feijão e outras culturas. Milhares de vídeos são veiculados no *YouTube,* pagos a preço de ouro, com todos os agrovenenistas (mais uma palavra inventada, *sorry,* aprendizes) abraçados ao suposto imperador.

Não tardou e vieram as consequências. Como a provar que a vida imita a arte, expressão que é uma inversão da interpretação livre da frase original, "a arte imita a natureza", do filósofo grego Aristóteles, em sua obra "Física, Livro II", uma passagem bíblica está se repetindo. Não na República Federativa do Brasil, mas nos Estados Unidos do Brasil da América – EUBA (uma homenagem do pretenso Jairsaindo imperador a seu chefe, que ameaça voltar à Casa Preta). Está se repetindo a narrativa bíblica do "Livro de Êxodo", que conta a façanha do povo hebreu, escravizado no Egito, e guiado por Moisés.

Depois de sofrer com ataques de mosquitos verdes, transmissores de um vírus causador de insônia e apetite imoderado (olha o pecado da gula!), rios vermelhos, ataques de rãs, moscas, doenças em animais, Doença dos Milicianos Loucos (lembra da doença da vaca louca?) nuvens de gafanhotos, trevas, uma terrível chuva de pedras (isso mesmo, o mineral, e não granizo) sobre certo bairro da zona sul da cidade do Rio de Janeiro, aconteceu o mais trágico para o suposto Jairsaindo imperador: a morte do Capitão Miliciano Arrecadador-Mor – CAMIAMO (eu também...). Este praguejante escriba não contabilizou quantas pragas há nessa narrativa. Quantas você contou?

O Grande Deserto, *Great Desert* (nome colocado em homenagem ao chefe da GRAN, pelo Zero 3) passou a ocupar boa parte do território de vários estados, depois do desmatamento desenfreado promovido pelo desgoverno neofascista, da aparição daquele tanto de pragas, e do surgimento daquela nova espécie de javalis gigantes (vítimas, também!), cujos machos pesam mais de uma tonelada, e que está conspirando contra o desgoverno de Jairsaindo. Esses animais, quase humanos, têm a transformação do Grande Deserto, em terra agricultável, como uma de suas pautas revolucionárias (ai, revolução, não...! Me dá 'meda`! (*sic*).

"São capazes de derrubar árvores centenárias, inclusive aquelas nascidas no século XVI, ou desde que o mundo é mundo, em poucos minutos, devastando tudo o que encontram em seu caminho, além de estarem se revelando autênticos terroristas, com propostas estapafúrdias de tomada do poder. Isso é o que dá a má influência da petralhada que, infelizmente, desgovernou o país" – escreveu um articulista de extrema-direita, de seu apartamento em Miami.

Os javalis não gostaram da matéria e enviaram uma mensagem atrevida ao jornalista, em que disseram ser "uma vergonha para um escriba, seja ele de que tendência política for, praticar *bullying,* atribuindo à categoria animal certa tendência anarquista, como se fôssemos, todos, maníacos da destruição, verdadeiros adeptos do ludismo" (por favor, pede este escriba, já nem tão humilde, não confunda com certa corrente política).

Segue o texto dos javalis: "Não faremos como os ludistas, que, no século XIX, no início da Revolução Industrial, na Inglaterra, quebravam as máquinas mais modernas, de fiação e tecelagem, que contribuíam para desempregar os trabalhadores e trabalhadoras. Assim, companheiro, não se faz revolução."

Este articulista, coitado, devidamente enquadrado pelos javalis, depois de escrever 2500 textos elogiosos ao desgoverno de Jairsaindo, havia escapado de um Grupo Miliciano de Assalto Cirúrgico – GRUMIACI, após pedir moderação ao aprendiz de ditador, embarcando clandestino em um navio chinês. "Só podia ser um navio com viés comunista", dissera o Zero 1.

O 100º ministro do Turismo Predatório Moderno – TUPREMO (isso lembra o Supremo), anunciou, com pompa e circunstância (expressão antiga, algo de que este escriba tem conhecimento), que simplesmente quer dizer "modo requintado e de acordo com a etiqueta", que o turismo contemplativo do próprio deserto e dos javalis gigantes geraria bilhões de dólares ao país, anualmente, compensando as perdas do agroveneno. Evidente que ele não usou essa expressão agroveneno. Disse "Agroamigos", com inicial maiúscula que era a nova denominação oficial dos grandes produtores rurais do país.

A primeira excursão internacional, organizada durante um ano inteiro, e que contou com helicópteros de combate, gentilmente cedidos pelo novo chefe da GRAN, para o transporte daquela multidão, numa verdadeira operação de guerra, trouxe ao país milhares de Turistas Contemplativos e Bons de Tiro – TUCONBONTI, de países aliados da GRAN, principalmente israelenses. O suposto imperador e, agora, Jairsaindo, só não contava com um desfecho tão trágico para a empreitada. Você, leitor/leitora, certamente está imaginando a tragédia.

Vamos a ela: noventa e nove por cento dos turistas predadores foram comidos, no sentido literal e, não, no reprodutivo, pelos gigantescos animais. E, agora, adivinhe qual foi a reação do suposto imperador? Claro, pedir ajuda a seu chefe (aquele que já caiu) para fazer uma Guerra Total – GUETO (isso lembra o quê?), contra os animais.

Para incrementar esse tipo de turismo, o suposto imperador Jaircaindo (decida-se escriba: é Jairsaindo ou Jaircaindo? – você deve estar pensando), tinha editado um Decreto Discricionário Sanguinário – DEDISSAN, em que autoriza a matança de até dez animais silvestres, mensalmente, por cada (sei que ocorreu uma cacofonia, tá okey?), habitante do suposto império. Também, nesse caso, centenas de vídeos foram veiculados no *YouTube,* em apoio a esse faunicídio recreativo.

Felizmente, para os javalis gigantes, e para todos os que acreditam na defesa da vida de todos os seres do Planeta, e na democracia, a pressão de organismos internacionais, com o apoio de países da União Europeia, Rússia e China, e organizações como a ONU, foi proibida a matança dos javalis gigantes, e de seus ancestrais, os javalis originais.

A desmobilização das tropas de combate durou uma semana. Mas o suposto imperador solicitou a seu chefe que deixasse os porta-aviões de sobreaviso, para qualquer eventualidade. "Sinto cheiro de chifre queimado no ar, porra, tá okey?". Essa foi a declaração freudiana reproduzida pelo 99º porta-voz, menos o "porra, tá okey?"

Afastado o risco de serem exterminados, passando a ser considerados uma nova espécie, os javalis gigantes decidiram se organizar, para tomar o poder. "Se um sem noção pode comandar o país, como se fosse seu quintal, beneficiando seu clã e os amigos milicianos, porque não nós, que podemos criar uma Frente Nacional dos Bichos, e nos aliar aos partidos de esquerda?" – disse o javali gigante, de barba, que parecia ser o líder mais experiente.

Na imensa assembleia, realizada no Grande Deserto, ficou decidido que uma Pauta Urgente Urgentíssima (sem sigla) será entregue ao Comando Humanitário Contra a Velha Política de Certo Quase Capitão – COHUCOVEPOCEQUCA, órgão que passara a ocupar metade das dependências do Palácio Imperial da Nova Política Sem Viés de Maluquice – PAIMNOPOSEVIMA. Um dos itens exige a "imediata criação de lavouras, sem o uso de venenos, para a alimentação dos Animais da Resistência na Floresta (também, sem sigla) e, claro, dos humanos, com e sem direitos."

Ordem do Dia: Criar Centenas de Partidos Políticos

Como dissemos, em capítulo anterior, seguindo orientação de especialistas da GRAN, o suposto imperador Jairsaindo e Jaircaindo deu ordem para a criação de centenas de partidos, "para quebrar a espinha dessa esquerda comunista, que só pensa em mamar nas tetas da grande vaca, antigamente, nos tempos da corrupção, chamada República", como escreveram para ele na Ordem do Dia Cívico-Militar – ORDICIMI, um novo instrumento de Legislação Discricionária de Sua (decadente) Majestade – LEDISSUMA.

Para começar, não por coincidência, foram criados os partidos com "trabalhadores" no nome. Assim, pediram os registros do Partido dos Trabalhadores Honestos (PTH), Partido dos Trabalhadores da Liberdade Econômica (PTLE), Partido dos Trabalhadores Amigos dos Patrões

(PTAP), Partido dos Trabalhadores Sem Direito a Nada (PTSDN), Partido dos Trabalhadores Incansáveis (PTI), Partido dos Trabalhadores pela Revolução Democrática (PTRD), Partido dos Trabalhadores pela Revolução Universal Socialista-Capitalista (PTRUSC), Partido dos Trabalhadores Revolucionários Capitalistas (PTRC), Partido dos Trabalhadores Neoliberais Inteligentes (PTNI), Partido dos Trabalhadores Intermitentes e Felizes (PTIF), Partido dos Trabalhadores Sem Trabalho (PTST), Partido dos Trabalhadores Sem Divisão de Categoria (PTSDC), Partido dos Trabalhadores de Todos os Trabalhadores (PTTT), Partido dos Trabalhadores Ex-Sindicalistas (PTES), Partido dos Trabalhadores Arrependidos de Militar na Esquerda (PTAME), Partido dos Trabalhadores que Rejeitam o Socialismo e o Comunismo (PTRSC), Partido dos Trabalhadores Amigos do Mercado e de Suas Leis (PTAML), Partido dos Trabalhadores Democráticos (PTD) e Partido dos Trabalhadores que não Acreditam em Greve (PTAG).

Em seguida, os partidos "trabalhistas": Partido Trabalhista que Nega o Trabalhismo (PTNT), Partido Trabalhista Simpático ao Neoliberalismo (PTSN), Partido Trabalhista Inimigo do Legado de Getúlio Vargas (PTILGV), Partido Trabalhista que não Incentiva Greve (PTNIG), Partido Trabalhista que Reconhece a Legitimidade do Lucro dos Patrões (PTRLLP), Partido Trabalhista que Não Adora Greve (PTNAG), Partido Trabalhista que Respeita as Leis do Mercado (PTRLM), Partido Trabalhista de Todos os Trabalhadores Empregados e Desempregados (PTTTED), Partido Trabalhista dos Trabalhadores de Todas as Profissões (PTTTP).

Para não cansar a leitora e o leitor (que vivam as mulheres, que têm vindo quase sempre primeiro, nesta singela obra!), vamos parar de relacionar os partidos de esquerda (sem preconceito, que fique claro!), pois sabe este escriba como é chato ler esse tanto de siglas e nomes de partidos. Pode ser divertido, mas que cansa, cansa.

Durante a execução da "Ordem do Dia" surgiu um problema: os partidos de centro e de direita, alertas, tentaram criar todas as siglas possíveis e imagináveis de partidos de direita, extrema-direita e ultradireita, que eles não sabem que é a mesma coisa. O Conselho Supremo de Generais Inativos – CSGI não titubeou e, além de decidir, através de um Decreto Audacioso – DEAUD, pela proibição de se criar novos partidos, contratou profissionais especialistas em partidos de aluguel (olha o Centrão, aí, gente!) e marqueteiros de direita para criar os novos partidos, com uma rica campanha publicitária, nacional, financiada com recursos do Fundo Nacional Secreto Cívico-Militar – FUNNASECIMI. Granarol deve estar com o maior ciúme desse fundo, bom para criar uma fundação só para ele.

"Esse tal de Glória e o Incrível, bem como o Trevas e o Choroso (este diante da possibilidade de ser demitido), não perdem por esperar" – grunhiu um fardado que não quis se identificar. Esse oficial militar se vale da prerrogativa concedida a certos "aspones", mais iguais que os outros, de fazer parte da Sociedade Secreta dos Defensores da Pátria – SSDP, um braço do PM – Partido Militar, que se apresentam exclusivamente encapuzados em público.

Ah, sim, sobre a primeira leva de pedidos de registro de partidos dos "trabalhadores" e "trabalhistas", a única objeção apresentada pelo Tribunal Eleitoral Direitista e de Defesa do Grande Sistema Imperial – TEDDGSI, foi quanto a uma duplicidade de siglas, de uma e outra categoria de partido, que este escriba deixa para ser descoberta pela leitora e pelo leitor mais persistentes, confessando seu fracasso nessa missão, quando tentou voltar e confirmar o que havia feito, de propósito, linhas atrás.

Eis os partidos de direita e extrema-direita criados, automaticamente, de acordo com a nova Lei Modernizadora de Criação de Novos Partidos – LMCNP, que exigia apenas a assinatura do suposto e quase deposto imperador, e de seu ajudante de ordens. No mesmo ato que criou a LMCNP foi extinto o TEDDGS. O fracassado Grande Sistema, tendo em vista a criação e descriação de siglas, já pensava (esse bicho pensa?) em editar uma lei para pôr ordem na bagunça que tinha virado o Sistema Jurídico Novo e Neoliberal de Justiça Ampla e Irrestrita Sem Defesa – SIJUNONEJAISDE. Tem sentido a mudança siglática, com a utilização também de vogais, ao invés de somente as consoantes iniciais, ao longo dessa narrativa?

Vamos ao que interessa, aos novos partidos: Partido Direitista de Defesa da Família (PDDF). Em tempo: por exigência do suposto e indefensável imperador, todos esses partidos têm, obrigatoriamente, que ostentar o substantivo "defesa" em seu nome. Isso deve ser, certamente, decorrente de sua má-formação militar. Sem mais delongas, Partido Direitista de Defesa do Grande Sistema Imperial – PARDIDEGRANSISI (esse o mais querido do suposto imperador, por possuir a expressão GRAN, que lembra a nação amiga do norte), Partido Direitista de Combate aos LGBT e Defesa dos Homens de Bem – PARDICOMLGBTDEHOBEM. Ganha um presente quem conseguir memorizar esta sigla.

Javalis Comemoram Autocoroação

Um dos setores da oposição que mais estão comemorando a autoproclamação real, do suposto imperador, são o dos Javalis Empoderados, felizes por passar a lutar contra um suposto rei, ao invés de um reles pretenso imperador.

Filmes e fotografias da autocoroação foram mostrados em centenas de canais da Nova Coluna Social – NOCOSO, método de puxa-saquismo criado por um marqueteiro oficial, na Internet, bem como na TV Cotidiano do Rei, criada exclusivamente para mostrar o dia a dia da suposta família real.

A Nocoso (nomezinho feio, hein?) dá destaque aos dotes artísticos dos socialites e das socialites, mostrando-os interpretando, declamando poesias, pintando ou fazendo algum tipo de artesanato. "Uma fofura, o jovem industrial e investidor anônimo, na verdade investidor-anjo (anjo ou demônio? De anjos o inferno está cheio!) de *startups,* declamando Fernando Pessoa, não é minha gente?", disse um colunista de um jornal de Minas Gerais, de nome *The Time*, em cujas páginas ele se especializou em caluniar o ex-presidente Lula. Seu nome: Isauro Esbarro.

As transmissões da TVCOR, abreviação utilizada pelo suposto Grande Sistema Monárquico, começam no café da manhã da Família-Ré (apelido dado pelo povo, devido às inúmeras acusações criminais contra todos os membros), e se encerram às dez da noite, "momento em que a figura máxima da realeza, e seu séquito, se retiram a seus aposentos", diz o locutor.

Nos meios políticos (ou no que sobrou deles, após a última Devassa Aniquiladora de Todo e Qualquer Resquício de Democracia – DEVAATOQUALRESDE) comenta-se que os homens mal-encarados que circundam a imensa mesa do café da manhã pertencem à Milícia Real Revolucionária – MIRERE, criada especialmente para eliminar quem quer que se aproxime, sem se fazer anunciar, do agora suposto rei, a poucos minutos de ser destronado (olha o *spoiler* [antecipação] aí, gente!)

Outro comentário corrente entre as/os centenas de membras e membros dos Coletivos de Apoio à Luta dos Javalis Empoderados (sem sigla, claro), é o de que o objetivo do suposto ex-imperador, com sua autocoroação, é fazer de seus filhos, príncipes, habilitados a sucedê-lo. "Só lamento não ter mais uma princesa em minha estirpe (este escriba duvida de que ele tenha conseguido falar uma palavra assim, tão difícil), para completar minha alegria real", teria dito o suposto rei. Nesse caso, houve apenas uma Morte Por Aproximação Não Programada – MOPOANPRO, de um homem do povo, mas oposicionista e revolucionário por convicção, que gritou: "não seja por isso, 'seu' ex-imperador e ex-rei; tem gente que tem uma princesa perto de si e não se dá conta."

Morto em seguida, por dez membros da MIRERE, o homem, na verdade, havia feito uma piada homofóbica e, claro, de mau gosto, coisa que aprendera com o suposto e Jaircaindo rei.

Em seu discurso de autocoroação, depois de morder a língua dezenas de vezes, tinha dito o suposto: "Tomo mais essa medida, pelo bem de minha família e, depois, pelo bem de todos vocês. Avaliei, cá dentro da minha cachola (essa palavra existe, ainda?), que nosso país, depois de se livrar da corrupção, das novelas indecentes, de certa rede de televisão atentatória contra todos os valores familiares, da lâmpada incandescente, do sexo sem amor, das crenças vermelhas, comunistas e que tais, de toda e qualquer liberdade política, do terrorismo de esquerda, que é o único que existe, da fralda descartável, do garfo de apenas quatro dentes, da pasta dental afrodisíaca, da mamadeira erótica, tem agora um rei, mas um rei de verdade. E mais: anuncio ao mundo que, a exemplo do que acontecia em Roma, no tempo dos imperadores ("que pena que lá não tinha rei", pensou mas não disse, o suposto), nossa Poderosa Monarquia – PODEMO, passará a distribuir, de vez em quando, porções de soja, feijão e milho para todos, sem distinção. Vocês verão, isso é melhor do que dinheiro, pois com ele alguém pode querer encher a cara na cachaça, ser preso e morto por nossas Forças de Segurança Real – FORSERE."

Nem bem o suposto, e já quase ex-rei terminou seu discurso, um comunicado dos Javalis Empoderados, participantes da Grande Frente Revolucionária Antifascista de Animais e Homens (sem sigla) foi transmitido pela ex-todo-poderosa Rede Planeta. O Comunicado foi lido pelo locutor mais famoso da emissora:

"Tendo em vista a necessidade revolucionária, de resgatar a democracia, em nosso país, assolado há anos por um autodenominado Grande Sistema, que de grande só tem a sem-vergonhice e o descaramento de quem, supostamente, combate a corrupção, para melhor acobertar suas falcatruas, nós, resistentes revolucionários, declaramos luta aberta contra tudo de errado que aí está, como dizia o ex-deputado Ulisses Guimarães.

Importante frisar que defendemos não apenas a revolução em seu sentido literal, ou seja, de uma mudança abrupta na organização social e na estrutura produtiva do país, mas na transformação de todos, animais, plantas e humanos, em seres livres da opressão capitalista.

Convocamos a todos e todas para que saiamos às ruas, e enfrentemos esse ditatorial AR-5 (ato real número cinco), que transforma em terroristas todos os manifestantes de nossa nação. Às ruas, companheiros e companheiras, pois eles não podem encarcerar milhões de pessoas que lutam por sua libertação. Desde já fica convocada Greve Geral, por tempo indeterminado, a partir de zero hora de hoje. Nossa primeira exigência é a de que essa Família-Ré seja presa e enviada para uma ilha distante, da qual jamais possa retornar. Viva a democracia!"

Uma hora depois, o Ajudante de Ordens Real – AJUOR, indicado pelo PM – Partido Militar, entrou na Sala Real e murmurou: "As ruas e avenidas estão ocupadas por milhões de pessoas, Vossa Majestade."

– Os becos das favelas e a Barra, também? – perguntou.

– Sim, Vossa Majestade.

– Então, estamos fritos; a casa caiu! Antes que eu também caia, mande derrubar pelo menos vinte por cento desses terroristas, pra que eles nunca mais, mas nunca mais, mesmo, ousem enfrentar uma Majestade, com maiúscula, como eu.

– Isso não será possível, Vossa Majestade, pois todos os conselheiros reais, milicianos reais e pastores reais, inclusive, fugiram em seus próprios jatinhos, levando as fortunas que acumularam em seu império e, agora, monarquia.

– Monarquia, porra nenhuma, que minhas hemorroidas já estão ardendo.

Nesse momento, cai o pano, do Teatro dos Horrores Fascistas, não sem tempo de se poder ver, ao fundo, vários militares e milicianos, vestidos de verde-amarelo, botas lustradas, carregando centenas de malas, repletas de ouro e dólares, e uma Carteira Digital, parecida com *pen drive*, com Bitcoin e outras criptomoedas. Os aviões não demoram a levantar voo em direção a Miami, onde dezenas de mansões aguardam a chegada de seus felizes próximos moradores.

Quando a Nave Real – NARE, sobrevoa o Cristo Redentor, o ex-ditador, ex-imperador e ex-rei olha para baixo e dá uma banana para o povo brasileiro, a exemplo de um personagem-vilão da novela televisiva “Vale Tudo”, de 1988, onde o ator Reginaldo Faria interpretou o personagem Marco Aurélio.

Posfácio

Amizade sagrada

"O tirano não ama, nunca amou. A amizade é um nome sagrado, uma coisa santa; só se dá entre pessoas de bem e só sobrevive pelo apreço mútuo; e se baseia não tanto em favores, mas na boa vida e não pode haver amizade onde há crueldade, onde há deslealdade, onde há injustiça; o verdadeiro pilar da amizade é a equidade e cujas partes, para que a relação não claudique, devem estar em pé de igualdade.

Servidão

As táticas tirânicas que visam à servidão aplica-se tão somente às gentes miúdas e grosseiras.

Crueldade

A sua (do tirano) estupidez sempre o impede de praticar ações benevolentes, mas, de alguma forma, o pouco que tem de inteligência acaba se revelando em sua crueldade, principalmente aquela praticada contra os mais próximos.

Prisão

Só se aprisiona verdadeiramente aquele que quer ser aprisionado, abrindo mão de sua liberdade."

(Étienne de La Boétie [1530-1563] humanista e filósofo francês do século XVI, amigo de Montaigne, no opúsculo "Sobre a Servidão Voluntária" – publicado dezoito anos após sua morte. Originalmente o texto foi publicado no Capítulo XXVIII, do Livro I, dos "Ensaios", de Michel Eyquem de Montaigne, jurista, político, filósofo, escritor, cético e humanista francês, considerado o inventor do ensaio pessoal, texto em que o autor tece comentários sobre determinado tema, sem ter o objetivo de esgotá-lo).

pólen soft 80 gr/m2
tipologia calisto mt
impresso no outono de 2021